Andreas
Stichmann

EINE LIEBE IN PJÖNGJANG

Roman

Rowohlt

Originalausgabe
Veröffentlicht im Rowohlt Verlag, Hamburg, März 2022

Satz aus der Chronicle
bei Pinkuin Satz und Datentechnik, Berlin
Druck und Bindung CPI books GmbH, Leck, Germany
ISBN 978-3-498-00293-0

IN EINER SOMMERNACHT zu Beginn des 21. Jahrhunderts reisten zwei Dutzend Berliner Kulturmenschen zur Eröffnung einer deutschen Bibliothek nach Pjöngjang. Der Anschlussflug in der chinesischen Grenzstadt Dandong war ohne Angabe von Gründen ausgefallen. Gegen Mitternacht wurden sie telefonisch in einen Zug beordert, der eigens vom nordkoreanischen Tourismusbüro losgeschickt worden war, sie zu holen.

Die chinesische Schriftzeichenwerbung loderte im schwarzen Spiegel des Grenzflusses, als der Zug anfuhr. Ausläufer des Vulkans Paektusan, halb zu China, halb zu Nordkorea gehörig, zogen sich bis runter zum Wasser und glänzten werbebunt. Ein neonblauer Zahn fuhr am Fenster vorbei. Selbst Arztpraxen, hatten die Deutschen während ihres Stopps gesehen, leuchteten in Dandong wie Jahrmarktsbuden. Einfach alles in dieser Stadt war aus Licht.

Mit Macht beschleunigte der Zug. Die Werbung wurde zu einem Lavastrom, alle Motive schmolzen hinein. Kussmünder. Sektgläser. Palmen.

Auf halber Höhe der chinesisch-koreanischen Freundschaftsbrücke waren mit einem Mal pechschwarze Planen vor den Fenstern.

Die Deutschen erschraken.

Es waren keine Planen, wie sich zeigte. Es war die totale Finsternis der stromlosen Nacht.

Claudia Aebischer, die Präsidentin des Verbandes europäischer Bibliotheken, war als Einzige bereits im Land gewesen. Sie hatte ihre Mitreisenden vor dem kleinen Schock gewarnt und beobachtete nun, wie sie dennoch zusammenzuckten. Sie selbst war eigentümlich ungerührt, erinnerte sich aber noch gut an die Panik bei ihrer ersten Reise, keine vier Monate zuvor.

Ein Licht pulste über der rostroten Tür. Kühler war es geworden. Alle Mobiltelefone waren nun ohne Netz und würden es für die Dauer des Aufenthaltes auch bleiben. In Pjöngjang würde man ihnen außerdem die Reisepässe abnehmen. Claudia Aebischer sah, wie es in ihren Mitreisenden arbeitete, obwohl sie vorbereitet worden waren. Das ist das Ende!, sagten ihre Gesichter.

Zur Entspannung nahm sie ein Sixpack Tsingtao-Bier aus ihrem Gepäck. Sie bot den anderen davon an. Als niemand wollte, stellte sie es mittig auf den Boden, trank eine Flasche im Stehen. Ihre Mitreisenden waren deutlich jünger, die meisten journalistisch tätig. Kollegial verbunden wirkten sie aber nicht. Eine Lifestyle-Kolumnistin war dabei. Sie begleitete einen Surflehrer, der es sich in den Kopf gesetzt hatte, die erste Surfschule Nordkoreas zu eröffnen. Blogger fuhren mit. Tippten erste Notizen in ihre Smartphones. Eine Journalistin mied ihren Blick und zeigte stattdessen ihr fragezeichenförmiges Ohr. Es war viel Ambition an Bord, wenn man Claudia fragte, die junge Variante. Menschen, die in Wirklichkeit noch keinen Schimmer hatten, wohin genau sie so dringend streben.

Aber, stellte sie erschrocken fest, das waren grimmige Oma-Gedanken. So dachte sie sonst eigentlich nicht.

Sie rauchte.

Ein Dutzend Bibliotheken und Sprachschulen hatte sie im südostasiatischen Raum mitbegründet. Dies hier würde ihre letzte berufliche Reise sein. Das Amt aufzugeben, sei richtig nach all den Jahren, auch um ein lang aufgeschobenes Buchprojekt endlich zu beginnen, hatte sie entschieden. Etwas einsam und verwirrt bin ich wohl, weil noch niemand davon weiß, sagte sie sich. Sie wünschte, es hätte sich ergeben, jemanden einzuweihen.

Die jungen Menschen äugten ängstlich zu ihr hoch. Sie schienen sich beruhigende Worte zu wünschen. Dem kam Claudia gerne nach. Sie erzählte ihnen von einem Kyŏksul-Kampf, den sie bei ihrem ersten Aufenthalt hatte ansehen dürfen. Kyŏksul war eine Kampfkunst, die sie selbst praktiziert hatte, bis ihre Bandscheibenvorfälle dem ein Ende gesetzt hatten.

Sie erzählte von der Umgänglichkeit der Nordkoreaner. Ja, zuvorkommend seien sie ihr begegnet.

Sie seien außerdem sehr dankbar für jedes Interesse an ihrem Land.

Mehr! Mehr Beruhigungen! Äugte es zu ihr hoch.

Als Feindin des Sitzens sprach Claudia zu ihren Mitreisenden runter.

Sie würden nicht das wirkliche Land sehen, nur das Theaterstück Pjöngjang. Und in diesem Pjöngjang, dem Pjöngjang der Ausländer, gebe es zwar überall Militär, aber ebenso Alltägliches. Auch normale Menschen, sie würden sehen.

Gelogen war das nicht. In Pjöngjang gab es Schneider. Ärzte. Papierpflegespezialisten. Frischgebackene Schwiegereltern weinten Freudentränen auf Prachtstraßen und vor Kim-Monumenten, während die festlich gekleideten Brautleute sich fotografieren ließen. Es gab Glasbläser. Es gab Tierpräparatoren. Es gab – Claudia war von einem der vielen kundenlosen Taxifahrer stolz darauf hingewiesen worden – neuerdings sogar Staus. Kinder gab es. Kinder rutschten auf den Rüsseln hölzerner Spielplatz-Elefanten in normalen, nur eben nordkoreanischen Sand.

Und vor den Toren der Stadt könne man sich die normale nordkoreanische Armut anschauen, fuhr sie fort. Das Arbeitslager dort stehe dem Besucher offen, zumindest dienstags, dienstags sei dort Tag der offenen Tür.

Ein kleiner Witz.

Wurde nicht honoriert, wie sie sah.

★

Später hatten einige ihrer Mitreisenden die Augen zugemacht. Ihre Oberkörper ragten dunkelgelb angeleuchtet aus dunkelgelbem Gepäck und wurden vom Zug leicht hin und her geschaukelt. Geschmackvoll-schlicht waren die jungen Leute gekleidet, weiche Gesichtszüge, gut sitzende Frisuren. Es war eine schöne und passive Generation, die sich da ins Erwachsensein hineinschaukeln ließ. Etwas unwitzig vielleicht. In der Spiegelung der Scheibe hatten sie etwas von lagernden Puppen.

Wobei das wieder die Oma-Perspektive war, stellte sie fest. Eigentlich plump. Es sagte nichts aus über den einzelnen Menschen, nur über einen sich allgemein wandelnden Geschmack. Solche Veränderungen waren grundsätzlich richtig und wichtig und ein Anlass zum Austausch. Claudia galt als herzhafte Ausfragerin. Als junggeblieben und wissensdurstig. Normalerweise.

Draußen tauchten die ersten rötlichen Umrisse von Plattenbauten auf. Batteriebetriebene Lämpchen an den beiden Gemälden, die in jeder Wohnung zu hängen hatten, erzeugten das weihnachtlich-schummrige Licht. Wenn man wusste, dass es die Führerporträts waren, deren Beleuchtung per Zeitschaltuhr geregelt war, wurde das Weihnachts- zum Höllenschimmern.

Sie ersparte den anderen die Info.

★

Schwefelgelb dämmerte der Morgen. Claudia sah drei Kinder in zeltgroßen, dreckstarren Armeejacken am Rand einer Siedlung stehen. Maschinengewehre lehnten an einer Mauer. Auf einem Feld graste ein bejochter Ochse.

Was sie dann sah, verstand sie nicht. Ein Gesicht vor ihrem eigenen. Es war weiblich, asiatisch und drückte Erstaunen aus. Ihr gegenüber, hinter zwei Zugfenstern, stand eine exakt gleich schnell reisende Nordkoreanerin. Sie hatte wohl ebenfalls nur auf die Landschaft hinausblicken wollen. Das Verrückte lag in der Dauer: Bestimmt eine halbe Minute schon riss der zufällig entstandene Blickkontakt nicht ab.

Erst lag darin: Nichts.

Dann: Du kennst mich nicht. Ich kenne dich nicht. Wir sehen uns nie wieder.

Dann: Schon komisch. Wie wir beide uns jetzt. In diesem Moment. In diesem immer länger werdenden Moment. So bewusst anstarren. So unangenehm bewusst.

Aber warte noch. Ich, Claudia, schlage blitzschnell eine Brücke. Ich komme zu dir, und wir teilen oder tauschen unsere Leben ...

Im nächsten Moment dachte sie: Was für ein kindischer Unsinn. Erst Oma, jetzt Kind! Vielleicht sollte ich mich doch etwas ausruhen.

Die Nordkoreanerin war verschwunden.

★

In Pjöngjang strahlte der Tag. Die Mitglieder der deutschen Delegation zogen ihre Rollkoffer auf den kreisrunden Bahnhofsvorplatz – und sahen dabei aus wie aus dem Ei gepellt: rein und sicher. Kaum Betrieb herrschte. Einige Wachsoldaten standen stramm an Ecken, die nicht wirkten, als müssten sie unbedingt bewacht werden. Claudia konnte das schöne Gesicht aus dem Zug nirgends entdecken.

Ein freundlicher Agent begrüßte sie auf Englisch. Er stellte sich als ihr Fahrer vor. Nicht ganz zu Unrecht, denn er fuhr den Bus, in dem sie kurz darauf saßen, und doch hatte er mindestens eine Militärakademie besucht. Ein Inoffizieller Mitarbeiter des Staatssicherheitsdiensts. Oder IM oder MFS. *Agent* war Claudias Allroundbegriff geworden. Außer an Kino und Popcorn erinnerte der sie an nichts.

Der Agent scherzte in sein Mikrofon. Er hoffe, die Deutschen stießen sich nicht die Köpfe an der Decke.

Zwar chauffiere er in diesem Bus auch manchmal ein Basketballballteam. Aber eines von hier.

Als niemand außer Claudia mit einem freundlichen Glucksen reagierte, schob er erklärend hinterher: Koreaner seien bekanntlich klein.

★

Auch später beim Mittagessen im Hotel lächelten Claudias Mitreisende allenfalls verspannt. Sie tauschten sich flüsternd darüber aus, was ihnen besonders suspekt war. Die fünf in ihren Augen identisch aussehenden Kassiererinnen im Hotelshop rangierten weit oben. Sobald die Tür des Shops aufging, hackten sie auf ihre übergroßen Taschenrechner ein, taten wild beschäftigt, obwohl sie doch kaum Kundschaft hatten. Wie viele Menschen gastierten in diesem Geisterhotel? Verteilt auf vierunddreißig muffige Stockwerke? Zehn? Auch der Agent war ihnen suspekt. Auffällig oft und nah schlendere er vorbei, flüsterten die jungen Deutschen, schaue dabei alibimäßig auf ein gar nicht funktionierendes Mobiltelefon.

Wer flüstert, der lügt, dachte Claudia. Zu den Kassiererinnen war ihr ein altes DDR-Sprüchlein eingefallen. *Wir tun, als würden wir arbeiten, die tun, als würden sie uns bezahlen.* Aber sie behielt es für sich, sie wollte weg von diesem Munkeln.

«Mögt ihr Kimchi? Es wird hier im Norden mit Rotchili zubereitet», sagte sie laut. «Besser als im Süden. Ich bestelle mal.»

Auf nichts hatte sie weniger Lust als darauf, erneut all die Klischees und Schaurigkeiten aufgezählt zu bekommen, die in keinem Nordkoreabericht fehlen durften. Stockwerk elf kam auf den Knöpfen im Aufzug nicht vor, wurde angemerkt. Dort mochten sich Abhöranlagen verbergen.

Oder auch nicht.

Zwölf Frisuren seien nordkoreanischen Frauen erlaubt, Männer müssten aus nur acht Frisuren wählen ...

Reichte ihr schon.

★

Am Nachmittag folgte der verpflichtende Besuch im Mausoleum. Fünf Stunden zogen sie in Zweierreihen an Medaillen, Wimpeln und Pokalen vorbei.

In der Gruft verbeugten sie sich vor den gläsernen Schneewittchensärgen der Kims. Graue Gesichter auf rotem Zierkissengrund. Stimmungsaufhellend wirkte der Ort nicht, wie Claudia zugeben musste.

«Kann es sein, dass uns seit unserer Ankunft eine Frau folgt?»

«Den Mann da an der Ecke kenne ich auch schon. Nur in anderen Klamotten.»

Konnte alles sein, wusste Claudia und war froh um den fröhlichen Hotelpagen, die vernünftige Frau an der Rezeption und alle anderen, die einen normalen Eindruck machten. Es erstaunte sie, wie sehr sie sich bereits mit dem Land identifizierte. Bei ihrer ersten Reise hatte sie noch durchgehend das Gefühl gehabt, *Deutschland* zu sein. Nun fühlte sie sich eher als *Jena*, wo sie herkam – und die anderen waren *Berlin*.

Beim Abendessen dankte die Gruppe Claudia überraschend für ihre beruhigende Art. Die ein, zwei Nordkoreaner, mit denen sie länger gesprochen hätten, seien tatsächlich ganz locker und normal gewesen. Und das Kimchi mit Rotchili schmecke, sagten sie, an den Agenten gerichtet, der auf sein – eigentlich doch funktionstüchtig wirkendes – Mobiltelefon sah.

Claudia hatte ihnen das Thema Essen empfohlen. Das sei immer noch der Smalltalk-Stabilisator Nummer eins. Der Agent, der sich über den Abend hin in drei Agenten aufspaltete, empfahl ihnen umgehend weitere Seitenspeisen und Drinks. Claudia, die fließend Russisch sprach und ein wenig Koreanisch, half mit Übersetzungsvorschlägen aus.

Einige der jungen Frauen sahen spürbar zu ihr auf. Das schmeichelte ihr. Sie galt als intellektuelle Lebefrau. Glossistin. Autorin. Ex-Taxifahrerin aus dem Osten. Als eine, die sich durchgebissen hatte. Sie selbst hatte ihre Kindheit in Jena keinesfalls als Zumutung erlebt. Im Gegenteil. Ihre Eltern, Dozenten an der Technischen Universität, hatten ihr ein privilegiertes Leben geboten. Mein Sonntagskind, hatte ihre Mutter sie genannt.

Nach der Wende hatte sie oft ein schlechtes Gewissen gehabt, so gut war es ihr ergangen, und so wenig hatte sie sich als Jugendliche für Leute, denen es schlechter ging, für Leute aus anderen Kreisen interessiert.

In Pjöngjang kam das schlechte Gewissen zurück. Gerüche ließen etwas in ihrem Inneren splittern. Darunter flossen Assoziationen hervor. Schon bei ihrem ersten Besuch war ihr im Hotel das Aroma eines Reinigungsmittels aufgefallen. Das hatte sie seit ihrer Kindheit nicht mehr gerochen! Auf den Straßen vor den Wohnhäusern berührte sie der erdige Geruch von Torf-Briketts, ob angenehm oder unangenehm, ließ sich nicht sagen.

Die Erinnerungen eher gut. Die Gedanken nicht. Glück und Scham lagen dicht beisammen.

Pjöngjang gab ihrer Entscheidung, das Amt niederzulegen, den letzten Schub. Wo es hinginge, wusste sie nicht.

★

Auf dem Bett in ihrem Zimmer liegend, betrachtete Claudia Aebischer Kim Jong-il und Kim Il-sung. Apfelbackig schauten sie aus ihren goldenen Rahmen an der gegenüberliegenden Wand. Der Ginseng-Schnaps aus der Minibar machte ihr zunehmend Spaß. Rauchen war überall erlaubt. Es stimmte schon: Eine Nordkoreareise war eine Zeitreise in die frühen Achtzigerjahre. Wenn nicht gar in eine alternative Vergangenheit. Hier zählte man offiziell das Jahr 107 nach Kim Il-sung.

Als sie barfuß über den sumpfgrünen Teppich des Hotelflurs ging, um das Stockwerk zu erkunden, huschte eine junge Frau an ihr vorbei, sie wusste gleich: Es war die aus dem Zug. Bei ihrem letzten Besuch hatte sie einige solcher Begleiterinnen um sich herum wahrgenommen. Aber keine mit einem so eigentümlich nahbaren Gesicht. Keine, die einen diffusen Emotionsfluss auslöste, wie sonst nur Gerüche, die man längst vergessen hatte.

Das Licht war ausgegangen, Claudias Kehle plötzlich staubtrocken. Sie schlich an den Lichtinseln der Kim-Porträts vorbei und betrat ein Treppenhaus. Dort war es, als blickte man in den Raum hinter der Matrix. Als habe man die Retro-Realität verlassen und sehe erstmals den rohen Raum der echten Welt. Und der hallte und verströmte eine Baustellenkälte und lag weit in der Zukunft und war außerdem frisch und blendend weiß gestrichen. Von ihrer Begleiterin war nichts mehr zu sehen.

CLAUDIA AEBISCHER WAR fünfzig Jahre alt. Sie hatte drei erzählende Sachbücher geschrieben. Kyŏksul. Weimar. Armutsforschung. Nicht geschrieben hatte sie das literarische Werk, das ihr in ihrer Jugend vor Augen gestanden hatte. Das Poesie-Ding, wie sie es für sich nannte. Dieses Nicht-Buch begleitete sie.

Das letzte halbe Jahr mit der Entscheidung, aus dem Amt zu scheiden, hatte sie in eine merkwürdige zweite Pubertät gestürzt. Sie fragte sich, was sie seinerzeit gehindert hatte, Schriftstellerin zu werden. Warum hatte sie es nicht zumindest versucht?

Ihre vorläufige Antwort lautete: Es war ihr bis weit in ihr Erwachsenendasein hinein zu gut gegangen, um wirklich etwas zu wagen. Das Thema dieses einen großen Buches wäre natürlich *Alles* gewesen – und damit ein Wagnis. Die Sachbücher hatte sie ohne große Verrenkungen zuwege gebracht. Zuletzt hatte sie das Thema Makrofotografie ins Auge gefasst. Ihre Begeisterung für die Landschaften des Kleinsten, ausgelöst durch die Ausstellung eines Bekannten aus Amsterdam, war ungebrochen. Dennoch erschien es ihr jetzt wie ein schlechter Scherz, ein Buch zu schreiben über die allerkleinsten Dinge. Ein Feelgood-Essay für Hobbyfotografen?, sagte eine hämische Stimme in ihr. Mehr hast du nicht mehr vor?

Familie: keine.

Ihre Eltern lange tot.

Sie hätte jetzt, nach bald zehn Jahren, plötzlich wieder darüber heulen mögen.

★

Beim Frühstück meinte Claudia zu sehen, wie die Schreibenden unter ihren Mitreisenden innerlich schon an ihren Artikeln werkelten. Sie glaubte auch zu wissen, wie diese Artikel klingen würden. Stilsicher. Sie würden stilsicher das Angelesene wiederholen. Sie würden klug-ironisch die Oberfläche der Inszenierung beschreiben und daraus folgern:

Mehr bekommt ein Mensch in diesem Land nicht zu sehen.

Aber ich vielleicht doch, schoss es ihr ein. Die anderen müssen sich noch beweisen und seriös sein, aber ich? Bin ich nicht alt und frei?

Rauchend stand sie am Fenster.

Pjöngjang war die Stadt der wenigen Farben. Über einem Feld ungeheuer symmetrischer Wohnriegel stand die stumpfsilberne Sonne. Die schraubenförmigen Bauten des Wissenschaftlerviertels schimmerten in einem unaufgeregten Marzipanrosa. Keine Musik. Keine Sitzgelegenheiten. Keine Menschengruppen. Keine Teenie-Trauben. Keine als solche zu erkennenden Geschäfte oder Restaurants, keine Aufschriften, keine Cafés, kein Lärm. Immer nur: Plattenbau, breite Straße, einfarbige Wand. Schneekugelstille herrschte unter der aufblendenden Sonne.

★

Vor dem Hotel warteten sie auf die angekündigte Dolmetscherin. Ihr Name sei Sunmi, und sie spreche fließend Deutsch, verriet der Agent. Sie würde ihnen die zukünftige Deutsche Bibliothek präsentieren, die bisher nur der deutsche Botschafter von innen gesehen hatte.

Claudia hatte bei ihrem ersten Besuch mehrere Gebäude besichtigt. Lange war unklar geblieben, welches das Rennen machen würde. Bei allen handelte es sich um freistehende Villen, sehr repräsentativ, schließlich ging es den Nordkoreanern bei der Sache vor allem um die Presse, um den Schein nach innen und außen. Über den Symbolwert solcher Projekte war Claudia sich im Klaren; diesmal erschien er ihr noch bedeutsamer als sonst.

Während die anderen Deutschen bald nach der Eröffnung wieder abreisen würden, bliebe sie weitere drei Wochen vor Ort, um die Einrichtung des Hauses zu begleiten. Als Besucher waren allenfalls ein paar Parteikader zu erwarten, die so tun würden, als stünde die Bibliothek allen offen.

Und Claudia? Würde gute Miene zum bösen Spiel machen. Wütender Widerspruch war nicht angebracht und auch nicht da, dachte sie und hörte in sich hinein, ob das stimmte. Klar. Was willst du den Leuten hier groß auf die Palme steigen?

Also würde sie schreiben können. Ungestört. Die Deutsche Bibliothek in Pjöngjang würde ihre Enklave sein.

Der Reisebus war mit lächelnden Delfinen bemalt. Die Nordkoreaner mochten vermenschlichte Tie
werbefrei die Straßen, so surreal die Malereien. (

kannte den Stil aus der DDR, aber dort waren es Arbeiter und Bauern gewesen, denen das Glück aus den Augen sprang. Hier gehörten auch akkordeonspielenden Frösche, trommelnde Hasen und sogar Pilze zur sozialistischen Familie.

Die Dolmetscherin fuhr auf einer gelben Vespa ein. Ein fabrikneues Gefährt, dachte Claudia gleich. Der Helm saß kugelrund auf dem Kopf der ungeheuer aufrecht wirkenden Frau. Sie zog ihn aus, legte ihn umsichtig auf den Gepäckträger und stand dann in pflichtbewusster Straffheit vor der Gruppe. Legte die Fingerspitzen gegeneinander, um einige förmliche Grußworte zu sprechen.

«Ich heiße Sie herzlich willkommen in unserem Lande, welches wir Koryŏ nennen.»

Ihr schwarz glänzendes Haar war kunstvoll geflochten und mittels Haarnadeln eng am Kopf festgesteckt. Ihre Stimme hatte eine stille, inwendige Kraft.

Sunmi war die Frau.

Die Frau war Sunmi.

Claudia erinnerte sich nicht, was Sunmi bei ihren ersten beiden Begegnungen, im Zug und im Hotel, getragen hatte. Aber jetzt hatte sie sich in eine Offizielle verwandelt, trug Uniform, und etwas an ihr berührte Claudias Herz. Es hatte mit Sunmis streng hochgezogenen Augenbrauen zu tun, mit der Steifheit der Uniform im Kontrast zu dem – vermutlich – warm atmenden Wesen darunter.

«SUN-MI.»

Sie nannte ihren Namen mehrmals und bat darum, unter keinem Umständen *Sunny* genannt zu werden. Einige Touristen neigten dazu. Sie sei aber keine Amerikanerin, wie man unschwer erkenne. Sie sei Germanistin. Promoviert habe sie über die Epoche der deutschen Romantik, deren Hervorbringungen sie sehr schätze. Leider müsse sie ihnen nun die Reisepässe abnehmen. Die bräuchten sie hier aber auch nicht. Darob sei man ja im Bilde.

Darob, sagte sie.

Dass sie ihren Pass aushändigen musste, bescherte Claudia auch dieses Mal einen kurzen, panischen Moment. Seltsam eigentlich, dachte sie. Als könne einen der Pass im Falle einer Verfehlung oder Verurteilung irgendwie retten. Hier! Ihr habt es vielleicht übersehen – ich bin Deutsche!

Neben Sunmi auf der Beifahrerbank des Busses sagte Claudia leise: «Ich denke, wir sind uns schon zwei Mal begegnet. Sie wollten nicht gesehen werden. Und durften es vielleicht nicht. Als meine Beobachterin. Aber das hat wohl nicht geklappt.»

Später würde sie nicht mehr sagen können, was genau sie geritten hatte, das zu sagen. Sehnsucht nach einer ehrlichen Reaktion? Hunger nach Intensität?

Sunmi jedenfalls konterte unmittelbar: «Sie haben niemanden gesehen. Sie lügen.» Doch die kleine Abweichung im Skript löste, wie sich zeigen würde, eine ganze Folge von Abweichungen aus.

ZWANZIG JAHRE ZUVOR, in der Kolchose Pota am Paektusan, starb Fischerin In-suk, Sunmis Mutter. Da war Sunmi elf Jahre alt. Viel später würde sie Claudia im Märchenton von dieser Zeit berichten. Und Claudia würde sich in eine nordkoreanische Waise hineinversetzen, ohne mit der Wimper zu zucken. Sie würde denken: Wie befreiend, sich nicht mit dem eigenen Misstrauen herumzuschlagen! Einfach mitzugehen, mitzufühlen, ganz unseriös, als Privatperson.

Also. Es war einmal ein blutgebadetes Neugeborenes in Sunmis Armen, ihre Halbschwester, bei deren Geburt die Mutter gestorben war. Kaum hatten sich die Lider der Mutter für immer geschlossen, verlangte das Neugeborene nach Fürsorge. Und so war Sunmi zu beschäftigt, um zu trauern.

Auch in den nächsten Tagen und Wochen blieb zum Trauern keine Zeit. Vormittags besuchte Sunmi die Revolutionsschule am Vulkan Paektusan, im Brusttuch das Schwesterchen. Nachmittags fischte sie im Grenzfluss. Mit einer Hand drückte sie das Schwesterchen an die Brust, damit es nicht herausfiel, mit der anderen holte sie die kleinen Stellnetze ein.

Sunmis Vater war da schon fünf Jahre tot. Der Soldat, in dem Sunmi den Erzeuger des Schwesterchens vermutete: längst fort. Das einstöckige Häuschen, in dem sie wohnten, hätte Sunmis Gerechtigkeitsempfinden nach einer drei- oder vierköpfigen Familie zugestanden. Für sie beide war es zu groß.

Jeden Donnerstag und jeden Sonntag watete Sunmi rüber nach China zum Markt. Sie verkaufte den Fisch, und das Schwesterchen schürzte die Lippen und schnäbelte lippenfischgleich aus dem Tuch, das half dem Geschäft. Der Yalu bildete in dieser Gegend damals noch keine streng bewachte Grenze, die Hungersnot, die viele in die Flucht trieb, war noch nicht ausgebrochen.

Sunmi mochte den chinesischen Markt. Sie mochte die ausländischen Vulkanologen, die man an ihren Bergstiefeln erkannte und daran, dass sie große Mengen Heilbutt in ihre Plastikrucksäcke stopften; der gab Energie für den Aufstieg. Sie mochte die fremden Sprachen, die sich in ihr mit Radioklängen und Zeitungslektüre vermischten.

Auf dem Markt vereinten sich alle Sprachen zu einer. Es war die Marktsprache, die auch ihre Mutter rein intuitiv hatte nachsprechen und mitsingen können. Es gab Abweichungen, aber sie wirkten an diesem Ort, fand Sunmi, eben wie Variationen, wie Dialekte. Die Namen der Fische und Meeresfrüchte klangen außerdem auch in anderen Sprachen so, wie die Tiere waren: Glibschiges glibschig. Vielarmiges vielarmig. Von Hering und Butterfisch war die Rede, wenn die Stimme kaum Aufhebens machte. Zeigte das Gesicht eines Kunden Irritation, ließen sich die Vokabeln im Sprechen modellieren. Sunmi lernte sprechend und spielend diese eine vielarmige Sprache.

Eines Tages tauchte ein Mann von der Partei in der Schule auf. Sunmi erfuhr, sie sei begabt. Sie gehöre nach Pjöngjang. Das trug sich im Zimmer der Lehrerinnen zu, in das sie bestellt worden war. Sie bekam eine Klappkarte aus starker Pappe, wie ein Buch ohne Seiten: das Begabtenzertifikat. Davon hatte sie gehört.

An jenem Abend, das Schwesterchen schlief, stand Sunmi vor der Wand im größten Zimmer des Hauses. Dort hingen die Porträts, vor denen sie sich nach den Mahlzeiten verbeugte. Erst hatte sie sich auch des Zertifikats wegen verbeugen wollen, aber als sie dann weinen musste vor Dankbarkeit, blieb sie einfach stehen und weinte, so lange es ging.

Es wurde Spätsommer. Der Yalu leuchtete gelb vom Laub, obwohl er nun schneller und breiter floss. Sein Weg vom Paektusan abwärts führte durch drei Klimazonen, durch Wälder, deren Größe an der Last abzulesen war, die er in Richtung des Gelben Meeres führte.

Sunmi machte Bekanntschaft mit einem Mädchen namens Ha-un. Ha-un hatte ein Schönheitszertifikat erhalten, weil sie grazil war wie eine Wassernymphe. Nahm Sunmi an. Sehen konnte sie es nicht. Ha-un trug immerzu lange Strümpfe, Handschuhe und eine Jacke mit glockiger Kapuze wie im allertiefsten Winter. Schneeweiß wollte sie in Pjöngjang aus dieser Schutzhülle steigen, verstand Sunmi. Wer so weiß durch den Sommer gekommen war, durfte nicht noch auf den letzten Metern verbräunen.

Ha-uns Zertifikat hatte eine Reiseerlaubnis beigelegen, Sunmi verfügte über keine. Welchen Sinn hatte eine Studienerlaubnis für Pjöngjang, wenn sie nicht nach Pjöngjang reisen durfte?

Es musste ein Versehen sein, befanden sie beide. Natürlich sei Sunmi zum Reisen befugt. Und auch ihr *Baby*, meinte Ha-un.

Sunmi berichtigte sie nicht. Hinterher ärgerte sie sich darüber, weil ihr dieses falsche Bild von sich missfiel: Eine blutjunge Dorfmutter zu sein, selber noch Kind, wie so viele. Eine wie Ha-un, in Pjöngjang in guter Kleidung in Restaurants und Autos unterwegs, würde vielleicht erst mit Mitte zwanzig Kinder bekommen.

Im Spätherbst trat Ha-un ihre Reise an. Unter Beifall und per Zug.

Im Winter hatte Sunmi vom Grübeln genug und rang sich durch, auch ohne Erlaubnis aufzubrechen. Mit dem Schwesterchen und zu Fuß. Hoch lag der Schnee. Abgerundet glänzten die Kanten der Felsen und Häuser. Eine friedliche Reisbreidecke liege über allem, sagte Sunmi zu ihrer Schwester. Sie stellte sich vor, dass die den Inhalt des Satzes über den Klang verstand.

Der Winter würde sie schützen. Wenig Leute, kaum Kontrolleure. Und überhaupt: Wenn ein zertifiziertes Mädchen mit einem Kind vor der Brust diese Strapazen auf sich nahm, wer wollte es der fehlenden Reiseerlaubnis wegen verurteilen?

Dennoch wich sie den Menschen aus. Die erste Nacht verbrachten sie unter einem verschneiten Brückchen. Kristallklare Stalaktiten links und rechts schirmten den Wind ab, und unter der Eisdecke des Flusses klebten schwarze Welse, die sie im Feuer garen könnte, stellte Sunmi sich vor. Aber das musste nicht sein. Sie hatte ihr Geburtshaus einer Nachbarin überlassen. Geld dafür anzunehmen, war unrecht gewesen, sie wusste es, allerdings hatte sie zwanzig Gläser chinesischer Babynahrung und sechs originalverpackte Döschen mit Sonnen- und Stoffwechselvitaminen erstehen können. Darauf war sie stolz. Niemand konnte ihr vorwerfen, dass sie als Ersatzmutter versagte. Das wog das begangene Unrecht auf.

In der folgenden Nacht wurden sie auf einem Pferdekarren mitgenommen. Ein alter Mann hielt die Zügel, er sah vertrauenswürdig aus. Mehrere Stunden ruckelten sie durch neuen Pulverschnee, und dem Mann gefiel es, leise vor sich hinzureden, was Sunmi beruhigte. *Gaumenzahn* hatte ihre Mutter Leute in diesem Alter genannt. Im höchsten, im zahnlosen Alter, wenn ein Mensch wider jede Naturgesetzlichkeit noch lebe, wachse ihm in der Mitte des Gaumens noch einmal ein Zahn, hatte Sunmis Mutter erklärt. Ein Greisen- oder Gaumenzahn, zum Malmen. Allerdings passiere das fast nie, weil, man müsse über achtzig Jahre alt werden.

Sunmi dachte daran, dass sie ihrem Schwesterchen keinen Namen geben mochte, ohne das Einverständnis der Mutter. Sie würde es dennoch bald tun müssen.

Lüpfte sie das Brusttuch, bewegte ihr Schwesterchen im Schlaf das Näschen, und der Rotz darunter war nicht angefroren, so warm war Sunmis Körper, ohne dass sie es selbst merkte. Einige Male stupste sie das Schwesterchen an, das süß die Nase drüber kräuselte. Dann ließ sie es in Ruhe.

Die weiß überzuckerten Türme Pjöngjangs tauchten am Horizont auf. Der Alte wollte Richtung Küste. Zu Fuß ging Sunmi weiter. Sie ahnte nicht, dass es noch mehr als ein Tagesmarsch sein würde; sie fühlte sich städtischer denn je vor diesen hohen Häusern.

Ihr Schwesterchen war da schon tot. Über den verschneiten Feldern funkelte der Morgen. Es ging an gigantischen Ziehharmonikas aus frostbedecktem Eisen vorbei, an leer stehenden Fertigungshallen. Die Laternen zu den Seiten bogen sich wie weiße Blumen. Dann, nach einer Anhöhe und einem Abhang, bemerkte sie es. Und nach der Panik und nach der Hilflosigkeit und der Verzweiflung kam, als sie das Schwesterchen schon vergraben hatte, nachts die sie von innen auffressende Schuld –

Hier verlor Claudia die Arglosigkeit des Mitgehens. Hier wusste sie plötzlich: Wie das ist, weiß ich nicht. Hier muss ich vorsichtiger sein. Hier klemmt meine Vorstellungskraft.

Aber Pjöngjang! Doch: Pjöngjang, das ging wieder.

Es war einmal eine Hauptstadt, die war wie eine Sonne in einem Land aus Winter. Und vor den Toren der Stadt gab es eine Anhöhe, von der aus konnte man weit, weit schauen, und es waren wohl der Makro- und der Mikrokosmos in einem, zwei Kosmen, die sich in dieser Aussicht vereinten. Grünviolett leuchtete der Kamm der Nadelwälder hinter der Stadt, und die Stadt selbst lag als helles Licht vor dem Kamm, und entlang des Flusses eröffneten sich Adern und Moore, molekülgelb und drachenschuppig.

Und in der Stadt gab es Bücherwände. Die waren so hoch, dass Sunmi eine Leiter benutzen musste. Und das Studium war hart. Erst nach zwei, drei Monaten war sie wieder, was ihrem Anspruch entsprach und was sie in der Schule gewesen war: die Jahrgangsbeste.

Universität. Wohnheim. Volkskantine. Dazwischen lag ein schmaler Streifen von Hof. In männlicher Begleitung wäre es Sunmi gestattet gewesen, die Hauptstadt einmal genauer anzusehen. Aber sie hatte keine Begleitung und wollte lieber lernen.

Das erste Mal in ihrem Leben duschte sie.

FÜR IHREN ERSTEN EINSATZ im Auftrag des Tourismusbüros verließ Sunmi, gekleidet in das quecksilbrige Kleid des Vollmonds (inzwischen hatte sie Novalis und Tieck gelesen und sich auf Germanistik spezialisiert), endlich das Universitätsgelände. Am Ufer des Taedong wurde für Touristen ein westliches Silvesterfest zur Aufführung gebracht. Ihre Aufgabe würde sein, mit den Besuchern ins Gespräch zu kommen, und zwar so, als sei sie eine Privatperson, die zufällig des Weges kam. Eine Pjöngjangerin, die acht Sprachen fließend spricht oder, stellte Sunmi sich vor, acht Oktopusarme hat.

Ein Germanistikprofessor gab ihr am Fuß der Kim Il-sung-Brücke letzte Instruktionen. Die Frage nach dem Befinden – wie geht's? cómo estás? how are you? – sei das Ein und Alles des Westlers. Mit dem *werten Befinden* lasse sich jedes Gespräch einleiten, wenn nicht gar ganz bestreiten. Im Grunde beschäftige sich der Westler zeit seines Lebens mit nichts anderem.

Er behielt recht, es lief gut. Wobei die Westler neben dem Befinden vor allem Sunmi thematisierten. Kompliment über Kompliment floss ihr entgegen. Schenkte sie den Leuten Glauben, hatte sie sich in ein wertvolles Geschöpf verwandelt. Als *inspirierend* bezeichnete man sie. Eine Hochbegabte. Sie sei eine unvergessliche Person, die man am liebsten mitnehmen würde!

Der Germanistikprofessor, der sie eingewiesen hatte, hieß Wi. Zwanzig Jahre zuvor hatte er beim Militär sein linkes Bein verloren. Das machte ihn zum Veteranen. Seine ständige Klage über den Verlust des Beins erschien Sunmi allerdings weniger veteranenwürdig. Wie auch die Tatsache, dass er nach Talg, Ei und Sodbrennen roch. Er gratulierte ihr zu ihrem Erfolg.

Dass sie Außenseiter waren, hatten sie gemein.

Wi entschied, sie würden heiraten. Widerspruch stand ihr nicht zu. Sich der Vergewaltigung zu entziehen, hätte bedeutet, den Status der *Volksfreundin,* den sie durch die Ehe erreichte, zurückzuweisen. So viel meinte Claudia zu verstehen. Aber die Ehe war ein heikler Bereich. Ihr Vorstellungsvermögen streckte seine Fühler und Tastorgane aus und zuckte wieder zurück.

IN DER MENTHOLSÜSSEN HITZE der Nadelwälder nördlich von Pjöngjang, im lampiongeschmückten Garten der abgelegenen Villa, würde am Abend stattfinden: die Eröffnung der Deutschen Bibliothek.

Claudia war ängstlicher geworden. Vier Soldaten hatten sämtliches Gepäck nach Bibeln oder christlichen Symbolen durchsucht. Zwar herrsche Religionsfreiheit in der DVRK, aber man wolle die Reisenden vor Missverständnissen bewahren. Es fand sich natürlich nichts Problematisches. Die Deutschen hatten nicht mal englischsprachig bedruckte Kleidung dabei – das Auswärtige Amt hatte eine lange Liste von Dingen ausgegeben, auf die man vorsichtshalber verzichten sollte.

Nun trat ein Greis vor Claudia hin. Die Sterne und Streifen auf seinen dunkelgoldenen Schulterklappen bezeichneten über zwanzig Dienstgrade, und es gab etliche farbige Bänder, deren Bedeutung Claudia trotz Vorbildung nicht kannte. War ein Veteranenornament darunter? Warum überhaupt waren bei diesem Anlass so viele Militärmänner zugegen?

Die Neonfarben der Brustabzeichen strahlten. Die übergroßen Militärkappen vermittelten einen Eindruck von Pfauenhaftigkeit. Spielzeug. Zirkus. Das clowneske Böse. Nichts davon hatte etwas mit dem Bürokratensozialismus zu tun, aus dem sie stammte. Im Inneren der Bibliothek fühlte sie sich daran erinnert: Holzvertäfelung. Zierdeckchen. Briefmarkenbefeuchtungsschwamm. Sogar ein Faxgerät stand da. Aber mit Maschinengewehren bewaffnete Soldaten bei einer Bibliothekseröffnung?

Nein, das weckte keinerlei Nostalgie in ihr. Der Greis mit der Beinprothese machte sie nur aggressiv. Er sprach Deutsch. Er fragte sie im Ernst nach Funkbaken oder Balisen. Sie sagte, sie könne bedauerlicherweise nicht mal genau sagen, was das sei – Ausspäh-Equipment? Bei ihrem ersten Besuch sei ihr kein derartiges Misstrauen entgegengeschlagen.

Er ließ von ihr ab und zog weiter. Claudias junge Mitreisende mussten ihm nun Rede und Antwort stehen. Sie machten sich Sorgen wegen des amerikanischen Studenten, der in Nordkorea verhaftet und später zu Tode gekommen war. Claudia sah es ihnen an, wie sie dastanden und schwitzten. Ein ungewohnt mütterliches Gefühl überkam sie. In Ermangelung anderer Möglichkeiten sagte sie zu denen, die in der Nähe standen, ein paar beruhigende Worte: Experten gingen inzwischen davon aus, dass ein Suizidversuch oder ein Folter-Unfall der Grund für den Tod des Mannes gewesen sei. Bis auf den Amerikaner sei hier in über sechzig Jahren kein einziger Westler zu Tode gefoltert worden.

Sehr beruhigend klang es nicht, stellte sie fest.

«Macht euch einfach nicht verrückt», flüsterte sie.

★

Nachdem sich alle auf eng beieinanderstehenden Holzstühlen niedergelassen hatten, schritten zwei Soldaten die Reihen ab. Die posaunenförmigen Schießbüchsen auf ihren Rücken überragten sie um gut eine halbe Körperlänge. Ziergewehre vielleicht? Endlich schienen sie mit irgendwas zufrieden zu sein und stellten sich links und rechts des Stehpultes auf.

Der Greis humpelte zum Pult. Er stellte sich als Erster Bibliothekar Doktor Wi vor. In der ersten Reihe sitze seine Gemahlin Sunmi, die man ja schon kenne.

Tatsächlich, Sunmi saß schräg rechts vor Claudia, so still und starr, Claudia hatte sie übersehen. Ihr Ohr ist mir zugewandt, dachte sie jetzt. Das schöne linke Ohr der schönen Gattin des viel zu alten Bibliothekars.

Sein Deutsch stockend. In seiner hellen Stimme ein unangenehmer Druck.

Wenn Claudia aufgrund ihrer Lebens- und Berufserfahrung eines einschätzen konnte, dann Reden. Diese hier diente zuallererst dem Lob der Autokratie, was hieß: Die Namen der Führer würden permanent Erwähnung finden, und sie wäre lang. Unter keinen Umständen durfte man hineinhüsteln in die Namen der Würdenträger, auch nicht aus Versehen. Das hatte man ihr beim Briefing durchs Auswärtige Amt eingeschärft.

Bevor ein Führername fiel, machte Wi eine Pause. Er konzentrierte sich sichtlich und atmete tief ein, um den Namen dann gesungen zu bringen. KIIMmooouuUUU! So wie: Abrakadabra! Mit dem Unterschied, dass in dem Pathos kein Hokuspokus, sondern Furcht mitschwang. Zuerst hatte Claudia das Tremolo als Respektsbekundung gedeutet. Jetzt dachte sie: Es ist die reine Angst.

Dennoch stand sie auf und setzte sich – Wi nahm einen Schluck Wasser – nach vorne neben Sunmi.

Kurz entschlossen.

Wer dieses frohe Zusammenrücken als Affront empfindet, soll sich ruhig melden, sagte eine noch recht neue Stimme in ihr. Seltsam: Ihre Bereitschaft zur Mitfurcht war noch da, sank aber schnell. Aus irgendeinem Grund war sie seit ihrem letzten Aufenthalt ungeduldiger geworden.

Niemand nahm Notiz. Auch Sunmi regte sich nicht.

Der geliebte Führer Genosse Kim Il-sung, sagte Wi gerade, habe in seinem Werk *Über die Kultur* beschrieben, wie wichtig die Förderung von Bibliotheken sei. Ja, – Kim Il-sung und hiernach – Kim Jong-il, die geliebten Genossen und Lenker, hätten den Geist der Volksmassen stets lebendig gehalten durch die Förderung von Bibliotheken. – Kim Jong-un, der herrschaftliche Marschall und auf – Kim Jong-il und – Kim Il-sung folgende Führer. – Kim Jong-un also, der Stern und Lenker, führe dieses Erbe fort.

Ein Tusch auf Kugelfisch-Kim, plärrte plötzlich die neue Stimme in Claudias Gehirn. Und dieselbe Stimme flüsterte der angenehm nach warmem Holz riechenden Sitznachbarin zu: Sieht Kim Jong-un etwa nicht aus wie ein Kugelfisch? Mit seinen dicken Backen und dem Rosenknospenmund?

Tonlos, zum Glück. Claudias Lippen bewegten sich nur innerhalb ihres eigenen Gehirns. Dafür kräuselte Sunmi kurz die ihren.

Kluge deutsche Fachliteratur habe man sich vom Bibliotheksverband erbeten, erklärte währenddessen Wi.

Damit die Besucher der neuen Bibliothek etwas lernten. Über Technik und Ingenieurwesen beispielweise habe man lesen wollen. Nur: Wie viele Werke dieser Art habe Deutschland geschickt? Tränen der Wut stiegen ihm in die Augen! Kein einziges! Deutschland sende ausschließlich Werke der Schönen Literatur. Und wolle in der Bibliothek Zeitschriften auslegen, in denen der Genosse Führer – Kim Jong-un verunglimpft werde. Alles in allem habe er sich einen besseren Start für dieses Unternehmen erhofft.

Zu ihrer Linken hob sich eine schmale Hand. Sunmi zeigte auf, wie in der Schule.

Doktor Wi erlaubte seiner Gattin mit einer barschen Geste, ein Papier aufzuheben, das ihm heruntergefallen war. Im Folgenden las er wieder vom Blatt, wodurch die Rede an Umgänglichkeit gewann.

Bei der Villa in seinem Rücken handele es sich um den Nachbau einer Jagd-Residenz, die hier zur Kaiserzeit gestanden habe. Das Dach sei traditionell geschwungen. Der Kaiser habe hier Bären geschossen. Dies bringe ihn zu einem Gedanken. Sei nicht das Wappentier der deutschen Hauptstadt ein Bär? Ja, so sei es doch! Er nehme allerdings an, dass es sich bei dem sogenannten Berliner Bären nicht um einen koreanischen Kragenbären handle!

Doktor Wi schwieg und guckte so stier, dass sich Claudia fragte, ob dort in seinem Skript wohl Regieanweisungen standen. *Humorvoll gucken! Kunstpause zum Lachen lassen!*

Sie warf einen komplizenhaften Blick zu Sunmi hinüber. Die sah starr geradeaus.

Und die Kunstpause dauerte an. Wuchs. Wis Augen hinter den Brillengläsern wie gefangen in ihren kleinen Kästen.

Ein Zitronenfalter flatterte eckig durchs Bild und lenkte Claudias Blick auf etwas Monströses, das ihr zuvor nicht aufgefallen war. Zwei reihenhausgroße Antlitze überblickten die Szenerie von einer Felswand auf der anderen Seite der Schlucht. Ihre blendend weißen Zahnreihen schienen frisch gebleicht. Der Mount Rushmore der Kims.

Ein optischer Trick versteckte sich in all diesen Doppelporträts, wusste Claudia. Der Führervater trug das Bild des Sohns am Revers. Der Sohn das Porträt des Vaters. Die ewige Erbfolge der Kims manifestierte sich durch dieses Detail als Spiegelung ins Unendliche. Auf den Pins strahlten wieder Pins und immer so fort. Ein Kim-Tunnel in alle Ewigkeit.

Als sie sich wieder auf die Kunstpause konzentrierte, hatte die noch immer niemand gefüllt. Nicht mit dem geforderten Schnauben, der akustischen Entsprechung von Schmunzeln, das in solchen Reden sonst beinahe automatisch folgte, selbst auf die unwitzigsten Wendungen der Welt.

Schweiß stand auf Wis Stirn. Noch mehr auf den Stirnen der jungen Deutschen. Claudia sah sich nach ihnen um. Spürte eine Idee von Blickkontakt zu ihrer Linken.

Schon seltsam. Wie wir beide uns jetzt. In diesem Moment. In diesem immer länger werdenden Moment. Nicht ansehen und ansehen.

Und nun stellte sich der Blickkontakt zwischen ihnen her, nicht durch Claudia, sondern wie ein eigenständiges

Lebewesen, das sich zu sich selbst umdreht, weil es anders nicht mehr geht.

Meine Güte! Zwei Dutzend deutsche Kulturmenschen sitzen da und kapieren nichts! Und noch mal so viele uralte nordkoreanische Männer sitzen hinter ihnen und kapieren es noch weniger! Nur wir beide sind wach. In diesem Moment.

Claudia stand auf und klatschte. Der Zitronenfalter schreckte von irgendwo aus seinem Schlummer und flog davon, frisch im flatternden Geräusch des anbrandenden Klatschens. Erleichtert stimmten sie alle mit ein.

★

Claudia Aebischer knickte den Schwanenhals des Pultmikrofons dezent nach oben. Äugeln vieler Äuglein im Widerschein der Sonne. Sie sah sich gesehen.

Früher hatte man ihre Reden als belebend gelobt. Die Formulierung *in Zungen sprechen* ging ihr immer durch den Kopf, wenn sie an die perfekte Rede dachte, und dass sich auch ein gutes Buch so lesen müsse: inspiriert. Wie von oben eingegeben.

Es tat ihr leid, heute nur Dünnes vortragen zu können. Einigen Höflichkeiten auf Koreanisch ließ sie die üblichen Kulturaustausch-Beschwörungsformeln folgen. Gerade für die Deutschen tat es ihr leid. Diskurssicher blinxten und sphinxten sie zu ihr hoch. Eben noch Angst, jetzt schon wieder Coolness. Zu gerne hätte sie ihnen etwas Saft in die Gehirne gepumpt.

Wahrhaftigkeit! Neugier! Mut zum Pathos! Schaut euch mal interessierter um, Girls and Boys! Reibt euch mal auf!

★

Eine der Journalistinnen beglückwünschte Claudia im Anschluss. Maximal diplomatisch habe sie die Kritik des Vorredners pariert, versiert runtergekocht, Kompliment.

Abendsonne rätselte durch die hochblättrigen Fichten. Eine alte Filmkamera stand neben dem Hauseingang, ein Riesending, wie aus Hitchcocks Zeiten. Sunmi sagte, es würden Aufnahmen für das Zentralfernsehen gemacht. In Pjöngjang freue man sich nämlich über die Eröffnung, trotz der kleinen Unstimmigkeiten, und im Übrigen wolle sie sich für ihre Unfreundlichkeit während der Busfahrt entschuldigen. Sie, Doktor Aebischer, sei natürlich keine Lügnerin, sie hätten sich tatsächlich schon zweimal gesehen. Und was es damit auf sich habe, wolle sie gern bei einem Glas Sekt erzählen. Sofern Doktor Aebischer ihr eines hole.

Claudia stürzte zum Buffet. Erschrak über ihr Tempo. Und bekam – etwas abseits der anderen Gäste – ein Geständnis zu hören. Wie bei einer Aufzählung schlug Sunmi ein, zwei, drei Finger in eine Handfläche, während sie sprach.

Sie sei in diesem Zug gestanden. Aus der Vorstadt sei sie gekommen, wo sie mit ihrem Ehemann, dem geschätzten Doktor Wi, wohne. Am Bahnhof sei sie auf die Vespa des Tourismusbüros umgestiegen und zum Hotel gefahren, um wiederum am nächsten Morgen bei ihnen vorzufahren. Sie müsse wissen, das Tourismusbüro lege Wert darauf, die moderne Frau als motorisierte zu präsentieren, erklärte Sunmi. Und dass sie im Hotel übernachtet habe, weil sie dafür verantwortlich sei, dass die

Ausländer nicht unbegleitet auf die Straßen liefen, gab sie nun auch zu. Den Menschen von Pjöngjang tue es nicht gut, unkontrollierten Kontakt zu Ausländern zu haben. Dies sei der Grund für die Maßnahme, fügte sie entschuldigend hinzu.

«Motorisiert zu sein, ist gut», sagte Claudia, um irgendwas Zustimmendes zu sagen. «Es macht einen unabhängig.»

Ja, sagte Sunmi. Unabhängigkeit sei zumindest angezeigt. Daher behalte sie in der Regel auch für sich, dass sie an der Seite ihres geschätzten Gatten, Doktor Wi, in der Vorstadt lebe. Sie gelte für gewöhnlich als Single aus der City. Allerdings habe ihr Gatte im Zuge seiner leider nur mittelmäßigen Rede die Tatsache ihrer ehelichen Verbindung bereits benannt. Aufgrund seines Alters unterliefen ihm solche Fehler.

Claudia vergaß das Rauchen vor Überraschung. Als sie sich schließlich eine ansteckte, tat ihr das Missfallen in Sunmis Gesicht weh. Rauchen schickte sich für Frauen, auch für moderne Frauen nicht. Sie war immer eine selbstbewusste Raucherin gewesen, aber jetzt drückte sie die Zigarette schnell aus.

War Sunmis Beichte inszeniert? Um Vertrauen zu schaffen? Wahrscheinlicher war das Naheliegende: dass es einfach keinen Unterschied machte, ob Claudia es wusste oder nicht; dass es kein Verbrechen war, solche Details zu verraten. Nordkoreaner durften selbstironisch sein, so viel wusste sie, Scherze über Essen, Aussehen, Gleichberechtigung, sportliche Niederlagen, Mode, all das ging. Nur die Kims waren tabu.

Ihr Misstrauen blieb.

★

Später waren die Lampions erleuchtet. Doktor Wi überraschte, er stand hemdsärmelig am Buffet und rührte in einem Morchel-Eintopf. Wahrscheinlich sollte damit die oft angezweifelte Fortschrittlichkeit des nordkoreanischen Mannes bewiesen werden. Jedenfalls bekamen nun alle Deutschen unangenehm volle Schüsseln dieses Eintopfes gereicht. Der Eintopf atmete. Geschmacklich war er nah an Erbsensuppe.

«Haben Sie die Bären im Saale bereits in Augenschein nehmen können?» – Sunmi mit ihrem reizenden Deutsch.

«Die Kragenbären?»

«Sie werden also mitunter auch Mondbären genannt.»

Weil es zu nieseln begann, gingen sie hinein. Die Mondbären trugen mondförmige Flecken auf dem Bauch. Es waren vier, die in nicht naturalistischen Posen zwischen den Bücherwänden standen. Einer hielt eine Kerze, ein anderer eine Bücherleiter. Ein dritter holte zum Speerwurf aus. Einem vierten hing ein Feldstecher um den Hals. Und alle hatten sie übergroß wirkende Glasaugen. Das schummrige Licht der Kronleuchter spiegelte sich darin.

«Mein Gatte, Doktor Wi, ist also kein – wie man sagt – *geborener Humorist.*»

Sunmis Alsos gefielen Claudia sehr. Sie benutzte sie wohl als Suchpausen, wenn sie dabei war, ihre fein gedrechselten Sätze zu bauen. Oder wollte sie, im Gegenteil, schnoddrig klingen? Etwas trotzig schaute sie schon aus ihrer puppigen Dolmetscherinnengarderobe. Als wollte sie sagen: Privat trage ich so etwas nicht. Hinter ihrer kaltschnäuzig-korrekten Fassade schien etwas anderes herauszuwollen.

«Sie werden heute Nacht oben in jener südlichen Kammer also nächtigen.»

Draußen hupte der Bus. Die übrigen Deutschen wurden ins Hotel zurückgebracht. Der schnelle Abschied überrumpelte Claudia. Hände wurden geschüttelt, eine klopfte ihr auf die Schulter. Schon waren die jungen Deutschen fort. Für die kommenden Tage waren ein gemeinsamer Zoo- und ein Kinobesuch geplant. Tatsächlich war ihre gemeinsame Zeit schon abgelaufen.

Claudia war zu betrunken, um weiter Konversation zu machen. Zumal die alten Männer unangenehm präsent geworden waren. Sie drängten sie, Likör mit ihnen zu trinken, während Sunmi wie zur Zierde zwischen den Präparaten im Hintergrund stand.

Als sie zu Bett wollte, begleiteten die Wachen sie über die Flügeltreppe. Sie salutierten vor den Porträts der Kims in Claudias Zimmer. Dann zogen sie sich zurück. Unten war die Triumphmusik ausgegangen, es wurde still. Noch einmal trat Claudia aus der Kammer und blickte über das Treppengeländer hinunter in den Saal.

Wi und acht Bärenaugen sahen zu ihr auf.

★

Wann genau Sunmi ihr aus ihrem Leben erzählte, konnte Claudia hinterher kaum sagen: zwischendrin; mal in Andeutungen, mal in schnellen, dichten Schwüngen.

Von sieben Jahren Militärdienst hatte Sunmi als

Hochbegabte nur vier abgeleistet. Es habe im Schlafsaal schlecht gerochen, fasste sie lapidar zusammen.

Von Claudias Büchern hatte sie das über Weimar gelesen. Und das über Kyŏksul.

Die Hebeltechniken im Kyŏksul seien von Kim Il-sung zum Kampf gegen den größer gewachsenen Westler entwickelt worden. Im Koreakrieg. Dieser komme in dem Buch leider kaum vor. Die große weiße Frau Doktor Aebischer als Kyŏksul-Expertin vor sich stehen zu haben, sagte Sunmi, empfinde sie als – also – abstrus.

Aussagen, die patriotisch klangen und vielleicht vorbereitet waren, gefolgt von Aussagen wie «Unsere Triumphmusik klingt altmodisch.» Und: «Vor dem Kriege habe ich Angst.» Vielleicht, dass es beides war und gar nicht auseinanderzuhalten: spontan und auswendig gelernt. Gelogen und wahr.

SUNMI LAG WACH. In der Eröffnungsrede der Deutschen hatte das Wort Finsternis Verwendung gefunden: als Metapher für das Misstrauen zwischen den Kulturen. Mondlicht fiel durch das Bogenfenster in ihre Kammer, die direkt neben der Kammer der deutschen Besucherin lag. In dem hüfthohen europäischen Bett lagerte Sunmi wie auf einem Tisch.

Finsternis. Den Touristen zufolge strotzte Sunmis Deutsch vor hübschen, aber altmodischen Begriffen. Oft hänge sie den Buchstaben E an, was nicht mehr üblich sei. Türe. Lichte. Walde. Liede. Und dann benutze sie Begriffe, die man nur noch in der Sprache der Bücher finde: Unbill. Albdrücken. Verzückung.

Finsternis.

Hatte Sunmi das Motiv nicht in ihrer Doktorarbeit verwendet? Wollte Claudia Aebischer ihr ein Zeichen geistiger Verwandtschaft senden?

Eine maschinenschnelle Denkerin schien sie zu sein, die Deutsche.

Gegen zwei Uhr nachts regnete es noch immer. Die Blätter eines Schlangenhaut-Ahorns drückten nass an Sunmis Fenster.

Lange hatte sie nicht an ihre Doktorarbeit gedacht, Wi hatte ihr die Promotion damals erteilt, ohne sich mit dem Lesen aufzuhalten, und die Arbeit danach einbehalten. Der Titel lautete: *Das Werk des altkoreanischen Dichters Ch'aek und dessen Einfluss auf die europäische Romantik, unter besonderer Berücksichtigung des Begriffes der «Universalpoesie»*. Das Schreiben war außer Kontrolle geraten, erinnerte sich Sunmi. Eine Art Wahnsinn hatte sie ergriffen. Vielleicht besser, die Mappe bliebe unter Verschluss.

Die Deutsche, nur durch eine Mauer von ihr getrennt, schlief sicher schon. Sie hatte dem Sekt zugesprochen. Claudia Aebischer maß bestimmt einen Meter achtzig. Sie trug das Blondhaar kurz und einen hellgrauen Hosenanzug. Dass sich deutsche Frauen maskulin kleideten, war Sunmi nicht neu. Normalerweise konnte sie die Entscheidung gegen Kleid, Haarschmuck, Schminke und Stöckelschuhe nicht nachvollziehen. Bei dieser Körperlänge allerdings stellte so ein Hosenanzug vielleicht sogar die raffinierteste Lösung dar.

Die maschinenschnell Denkende war auf eine eigensinnige Weise, überlegte Sunmi, schön.

★

Zum Frühstück im Garten gab es französische Brötchen aus dem Botschaftsviertel. So herrlich die Sonne durch das nasse Blattwerk schien, so verhalten blieb die Stimmung bei Tisch. Claudia Aebischer mit den Augen ihres Gatten zu betrachten, fiel Sunmi leicht. Er sah in ihr nur die Ex-Kampfsportlerin, die fremdartige Riesin. Ihre Stimme war ihm zu laut, die Gesichtsmuskulatur zu beweglich. Ihre Blicke: zudringlich. Es waren die Attribute des Westlers im Allgemeinen, über Claudia Aebischer besagten sie wenig, aber Wi neigte nicht zur Differenzierung.

Eben kam Claudia Aebischer auf die Korea-Unkenntnis der anderen Deutschen zu sprechen. Intendiert war die Bemerkung als gefällige Kleinmacherei, genannt Selbstironie. Ihr Gatte besaß auch dafür keinen Sinn. Er hatte nur das Wort *Unkenntnis* vernommen und war erbost. Noch weniger verstand er die Freundlichkeit der Deutschen gegenüber Handlangern und Pagen. Was sollte das unfeine Lächeln in Richtung derer, die selbst keineswegs Lust verspürten, auf diese Weise exponiert zu werden? In die Küche rief Claudia Aebischer Komplimente. Höchstselbst ging sie einen Aschenbecher holen. Bedienung abzulehnen, bedeutete, sie als unfähig zu schmähen – für Wi. Für die Deutsche natürlich nicht.

Trüge Sunmi mehr Verantwortung, hätte sie Licht in die Angelegenheit gebracht. Allein, sie fühlte sich nicht ermächtigt, das Gespräch zu lenken, sie war nicht der Mann. Als Wi die Runde verlassen hatte, blieben immer noch die Soldaten, und so hielt Sunmi sich an die vorformulierten Fragen.

Die Doktorin möge bitte von ihrem Besuche im Weißen Haus berichten. «Dies würde uns interessieren. Sicherlich empfanden Sie die Einladung als eine Ehre?»

Sehr genau registrierte Sunmi, dass man der Deutschen ihre Überraschung nur für den Bruchteil einer Sekunde ansehen konnte. Noch ehe sie zum Ende gekommen war, hatte sich im Kopf der Denkerin die angemessen unverfängliche Antwort geformt.

Ja richtig, seinerzeit, als man sie einmal zum Thanksgiving-Empfang mitgenommen habe, das sei interessant gewesen. Sie sei mit einem befreundeten Filmemacher hin, eine sehr große Runde, ganz eindrücklich alles, aber auch kühl und unpersönlich. Steif. So habe sie es empfunden.

Sunmi spürte etwas wie Durst. Sie wollte trinken von dieser Auffassungsgabe. Die Deutsche sprach und bewegte sich schnell. Leider machten ihre Mithörer nur die faden, immergleichen Dialoge möglich.

Der Amerikaner sei ein Bier-Banause, ergänzte die Deutsche, das habe sie damals erkannt. Er gebe tatsächlich Eiswürfel hinein!

Derart Unverfängliches hätte Sunmi selbst noch im Köcher gehabt. Laut fragte sie, als sie Wi herannahen spürte, noch in das Thema Religion hinein.

Claudia Aebischer versicherte ihr, sie habe keine und werde sich auch nicht plötzlich zu einer hinwenden. «Wie Sie alle hier sicher wissen.»

Zur Entspannung bot Sunmi noch etwas Antirassismus. Das grundsätzliche Begrüßen einer schwarzen US-Präsidentschaft bei grundsätzlicher Ablehnung US-amerikanischer Politik war – gerade im Gespräch mit Gästen aus Deutschland – eine alle Seiten zufriedenstellende Aussage.

«Sie stammen als Deutsche also aus dem Bierbrauerland Nummer eins», klebte Sunmi noch hintendran.

★

In der staubigen Stille des Saales packten sie in den nächsten Tagen Bücherkisten aus, richteten eine Theke her und nagelten ein Blechschild mit der kunstvoll aufgedruckten Aufschrift *Die Blaue Bibliothek/palansaeg doseogwan* neben die Eingangstür.

Claudia Aebischer hatte dem Beinamen fröhlich zugestimmt, wenn auch vielleicht nicht ohne Misstrauen, ob der Vorschlag wirklich von Sunmi kam. Aber so war es.

Viele Bücher waren in hauchdünnes Plastik eingeschweißt. Sunmi bewahrte die Folien auf. Das Papier strahlte wunderbar weiß.

«Die deutsche Romantik kommt tatsächlich etwas kurz», sagte die Deutsche, nachdem Sunmi nur einige wenige Einzelbände gefunden hatte, die sie bereits kannte.

Sunmi unternahm also den Versuch, einen Gegenwartsroman zu lesen. Da sie im Tourismusbüro für die Auswertung und Analyse westlicher Reiseblogeinträge zuständig war, kannte sie den neudeutschen Tonfall. Das dünne Buch erschien ihr nicht viel inspirierter als jene Einträge. Eines der Lieblingsworte der Autorin lautete *geil.* Bei Novalis kam es auch vor, dort aber angenehmer und botanisch, synonym zu *vorblühend.*

Das Buch handelte vom *Onlinedating.* Sunmi hatte davon gehört. Im Buch erwies es sich als eine überraschend freudlose Praxis, und Sunmi fragte sich, warum die Autorin davon erzählen wollte, noch dazu in freudloser Sprache.

Claudia Aebischer sagte, sie verstehe und teile Sunmis Missfallen. Und auf Nachfrage: Sie selbst sei bisher ohne Onlinedating ausgekommen. Ob Sunmi sich für diese Art der Begegnung, wenn es sie hier auch gäbe und wenn sie nicht verheiratet wäre, interessieren könnte?

«Warum nicht?», fragte Sunmi locker zurück und hoffte auf weitere Fragen, in Claudias Blick drängten sie sich bereits. Aber um sie herum waren zu viele Ohren.

Die Mahlzeiten verbrachten sie schweigend.

Zwei Veteranen erschienen als Bibliotheksgäste und liehen eine deutsche Ch'aek-Ausgabe aus.

Wi widmete sich in seinem Wohnbereich der Kleintier-Taxidermie.

Das Frauenbadezimmer hatte Sunmi bisher nur betreten, wenn die Deutsche nicht in der Nähe war.

★

Ein Computer wurde geliefert. Nun folgte eine Arbeit, die Sunmi und Claudia an einem Tisch im kleinen Lese- und Kaminzimmer gemeinsam vornahmen: die Einspeisung des Bestandskatalogs in das nordkoreanische Intranet zum Zwecke der Fernleihe.

Ob der einfache Landbewohner sich tatsächlich etwas Deutschsprachiges kommen lassen dürfe und wolle, fragte Claudia Aebischer rhetorisch. Einen schönen Goethe für den Feierabend vielleicht? Faust, der Tragödie erster Teil?

Die Frau mit den klaviertastengroßen Fingern hegte keine unrealistischen Hoffnungen. Humor hatte sie, das sagte Sunmi zu. Claudia Aebischer war eine weltweit, auch bei Männern respektierte Intellektuelle, mit mehr Realitätssinn als der deutsche Botschafter, der Sunmi unangenehm schwammig erschienen war. Feine Ironie und Respekt gingen gut zusammen. Die wenigsten Touristen begriffen das. Sie lavierten. Wichen aus.

Tuschelten. Schwitzten vor Falschheit. Was Sunmi gefiel, war: Sich an die Regeln halten. Ansonsten stark und aufrichtig sein.

Claudia Aebischer war, wie es in dem dünnen Roman geheißen hätte, *cool.*

★

Am Ende der ersten Woche wurde Sunmi an Wis Mobiltelefon gerufen. Im Namen des Zentralkomitees, welches ausschließlich aus Männern bestand, sprach eine Frau zu ihr. Sunmi werde Kleider in ihrer Kammer vorfinden. Sie solle aus ihnen dasjenige wählen, welches ihres Erachtens der Deutschen am besten gefalle.

Sunmi bekam weiche Knie.

Der Begriff für diese Art Auftrag lautete *umschmeichelnder Begleitservice.* Sie hatte anlässlich der Begleitung von Diplomaten schon Kleidung zur Verfügung gestellt bekommen. Aber das waren Männer gewesen. Und in Situationen, die als besonders wichtig eingestuft worden waren. War Claudia Aebischer wichtig für das Zentralkomitee?

Das zweite Mal rief die Frau über ein neues Mobiltelefon an, es war Sunmi mit den Kleidern geliefert worden. Sunmi stand vor dem Spiegel in ihrer Kammer. Da sie den edlen Stoff nicht zerschwitzen wollte, regte sie sich so wenig wie möglich. Sie schwitzte dennoch. Ihre Stimme – normalerweise hatte sie die unter Kontrolle – zitterte.

Sie habe ein strenges schwarzes Kleid mit geschlossenem Stehkragen gewählt, berichtete sie. Dazu trage sie eine schwarze Strumpfhose und kniehohe Schaftstiefel. Worin ihr Auftrag bestehe?

Vertrauen und Nähe aufbauen, kam es zurück. Das Komitee wünsche viel Vergnügen bei der bevorstehenden Festlichkeit.

★

Der Garten war anlässlich des Empfangs dekoriert worden. In Pjöngjang würde ab morgen eine Tagung zum Bau eines Touristenparadieses in Wonsang-Kalma stattfinden. Geschäftsmänner standen mit Sektflöten in den Händen an einem Buffet. Sunmi fand Claudia etwas abseits im Schatten einer Blutfichte. Sie sah missbilligend drein, was Sunmi nachvollziehen konnte. Nichts an diesem Abend hatte mit Literatur zu tun, mit ihrer beider Blauen Bibliothek. Aber als ihr Blick auf Sunmi gefallen war, war der missmutige Ausdruck aus ihrem Gesicht verschwunden; Claudia Aebischers kugelige Augen wurden groß.

Mit schockierender Plötzlichkeit fühlte Sunmi sich schön. Vor dem Spiegel – und auch unter den Blicken jener Diplomaten – hatte sie sich als schick gekleidet und reizvoll empfunden. Mehr nicht.

«Ich hoffe, Sie finden also an der heutigen Veranstaltung eine Wonne. Oder zumindest ein wenig. Trotz des geschäftlichen Anlasses. Also. Freuen Sie sich auf die kommenden Gesänge?»

Schön als Person. Als Gesamtwesen. Wi hatte ihr zur Hochzeit Unterwäsche aus Seide geschenkt. Die trug sie heute zum ersten Mal.

«An der Veranstaltung bin ich nicht interessiert», gab Claudia Aebischer zurück. «Aber Gesänge finde ich toll. Was werden wir hören?»

Die Lampions in den Bäumen färbten das Gesicht der Deutschen bronzefarben. Ihre Guckbälle saßen frei und offen in dem klugen Gesicht. Zwar sah sie Sunmi nach westlicher Art viel zu lange an, aber dabei schien ein wahrhaftes Erkennen stattzufinden. Wohlgefallen hätte Sunmi nicht aus der Fassung gebracht. Wohl aber: Das hier. Es ist so, dachte Sunmi, dass sie etwas in mir sieht, dass da auch ist.

«Ein deutsches, ein englisches und ein koreanisches Lied werden durch einen Kinderchor zur Aufführung gebracht.» Sie hörte sich Wörter aneinanderreihen. «Aller guten Dinge sind bekanntlich dreie.»

Sprichwörter benutzten nur Sprachanfänger.

«Die Pupillen vieler weißer Menschen sind von roten kleinen Adern umgeben. Ihre sind dies kaum.»

Wahr, aber völlig unpassend. Und wie stockend formuliert.

Um die eigene Steifheit aufzubrechen, schickte sie eine maximal schnelle, schlicht formulierte Frage hinterher:

«Sind Sie eine Gleichliebende?»

Der Chor hob an. Im Hintergrund, wie die Flügel eines Triptychons, hatten sich die Kinder in ihren blauen Pionieruniformen aufgestellt. Im Vordergrund das erstaunte Gesicht der Deutschen. *Das Lied im Grünen* von Schubert erklang. Disharmonisch, aber immerhin laut genug, um das Gespräch einen Moment ruhen zu lassen. *Five Little Ducks* folgten für die englischen Geschäftsmenschen, die in überraschend jugendlicher Aufmachung neben dem Bierfass standen. In Plastiksandalen, trotz grauem Haar.

Es folgte das Partisanenlied. Schließlich waren der Bauminister und zwanzig weitere Genossen vom Ministerium zugegen. Die chinesischen Geschäftsmänner, die sich ebenfalls für das Beach-Resort Wonsang-Kalma interessierten, stiegen gerade erst aus einem Bus. In Koryŏ feiere man lustvoller, urteilten Chinesen oft, aber zu veralteter Musik. Deshalb hatten sie angekündigt, einen eigenen DJ mitzubringen. Wahrscheinlich war es der Kerl, der jetzt schon tanzte.

«Gleichliebende», wiederholte Claudia Aebischer. Und ihre Augen bewegten sich nach links und rechts, als halte sie das Gespräch für gefährlich. «Ich befinde mich in keiner Partnerschaft», schob sie hinterher. «Ich heiße übrigens Claudia. Und du bist – ?»

«Sunmi. Wie Sie wissen. Aber sollten wir uns nicht weiterhin siezen?»

Ein Missgeschick nach dem anderen. Die Augenbeweglichkeit der Deutschen schwand, sie war erschrocken.

Erst als sie sich auf die Toilette geflüchtet hatte, wurde Sunmi bewusst, warum sie vor dem Duzen zurückgeschreckt war. Angst vor dem eigenen Hingezogensein. Wie wenig zusammengeknautscht das Gesicht der Deutschen war – eben schön. Und wie sie zwar Äderchen um die Pupillen hatte – aber nicht diesen Ausdruck müder Enthemmung, der für ältere Westler typisch war. Ein wenig roh war sie, nicht jung, nicht perlenfarben im Gesicht. Dennoch leuchtend. Und frisch in ihrer Art.

Sunmi betätigte die Klospülung.

Bald würde sie konkrete Anweisungen zur Beeinflussung der Deutschen erhalten. Und agierte jetzt schon so unprofessionell? Schwitzte bei jedem Geräusch, das auf ein Herannahen der Deutschen hinzudeuten schien – denn mehr Konkurrenz um die Damentoilette gab es bei dieser Veranstaltung nicht.

Sunmi wollte ihre Arbeit gut machen. Sie wollte der Deutschen keinen Schaden zufügen. Würde das zusammengehen?

Endlich hatte sie sich so weit gefangen, dass sie zumindest zu den Blutfichten zurückkehren konnte, unter denen Claudia Aebischer auf sie – nur auf sie – wartete.

«Ich wollte sagen: Koreaner würden später zum Du gelangen. Aufgrund, dass wir Zeit miteinander verbringen werden, längere Zeit, könnten wir den koreanischen Weg gehen, dies war mein Gedanke. Das Aussehen Ihres Anzuges ist schön. Entschuldigen Sie, dies ist sprachlich erneut falsch.»

Verlegen senkte Sunmi den Blick und starrte der Deutschen in Bauchhöhe auf den Hosenanzug. Heute war es ein dunkelgelber.

Über das Gesicht der Deutschen wehte nach einem Moment der Erstarrung ein übermütiger Geist. Sie lachte und bedankte sich und sagte, Sunmi spreche eigen, aber außerordentlich wohlklingend. Sie trage außerdem eine wunderhübsche, altmodische Flechtfrisur. Dass sie beim Sie blieben, sei okay. Sie gehe nun auf ihr Zimmer, bevor der Hauptteil der Veranstaltung beginne. Zwar habe sie sich gegenüber ihrer Botschaft dafür ausgesprochen, die Zweckentfremdung der Bibliothek zu tolerieren, aber auf Fotos mit Beach-Resortlern wolle sie trotzdem nicht zu sehen sein.

Claudia Aebischer wünschte auf Koreanisch eine gute Nacht. Als sie im Haus verschwunden war, fröstelte es Sunmi.

★

Im Laufe der nächsten Stunden schaute sie immer wieder zu dem Fenster der Deutschen hinauf. Es blieb erleuchtet. In dieses Leuchten, in die Wärme eines Gesprächs mit ungewissem Ausgang, zog es sie, in die Türen, Tunnel und verborgenen Räume solcher Gespräche. Claudia Aebischers Kompliment bewegte sie. *Eigen.* Das war doch etwas Wünschenswertes.

Sprache: Musste doch klingen und klingeln und überraschen und öffnen. Seit weit über zehn Jahren sprach sie mit Touristen aller Länder, und mit fast allen war das exakte Gegenteil der Fall. Plattitüden, wo Anspielungen und Anregungen durchaus erlaubt gewesen wären. Komplimente, aber nie so, dass sie ihr etwas Neues über sich verrieten. Sätze, deren Enden immer schon abzusehen waren.

Gesang und bunte Farben, wie auf dem Markt: Diese Art des Sprechens hatte sie als Kind begeistert. Von ihrem Ehemann kamen heute nur Handzeichen befehlender Natur. Sunmi solle sich um die Chinesen und Engländer kümmern. Vulgärer China-Pop schüttelte die Körper. Die frivole, männerbündlerische Energie gipfelte in dem Entschluss, die Sauna im Keller zu besuchen. Wi entließ Sunmi nicht, sie musste stehend im Saal verweilen, um sofort Sekt und Schnaps zu reichen, sollte es einen der Flipflopler danach verlangen.

★

Als der Morgen graute, setzte sich eine Wassernymphe mit einem grünen Wassernymphengetränk in der Hand neben Sunmi auf die Flügeltreppe. Im Einnicken war Sunmi in einen Traum geraten. Sie war vor einer grünblauen Verfolgerin in die eisblauen Wälder der Hyangga-Dichtung geflohen. Nun brauchte sie einen Moment, um die Gestalt als Claudia Aebischer zu identifizieren.

Die dunkle, sonnige Stimme. Kräftigend, durchströmend. Der Wassernyhmphentrunk hatte sich in ein Heineken verwandelt. Und Claudia Aebischer sprach von ihrer Schlaflosigkeit und der Unfähigkeit, ein Buch zu schreiben, welches nicht zu schreiben ihr aber auch unmöglich erscheine.

Was für ein Problem! Ein westliches Problem. Aber auch das einer Frau, die denkt.

«Koreaner empfinden es gemeinhin als liederlich, auf Stufen zu sitzen», entgegnete Sunmi. «Aber ich bin nicht altmodisch. Welchen Inhalt beinhaltet Ihr problematisches Buch?»

Die meisten Männer hatten sich inzwischen ins Hotel bringen lassen. Aber im Garten spielte noch immer jemand Akkordeon, und vier, fünf Stimmen sangen, und so konnte Sunmi nicht ins Bett und war dankbar für den Tee, mit dem die Deutsche aus der Küche zurückkehrte.

Zu Sunmis Erleichterung entspann sich zwischen ihnen ein Gespräch, das interessant war, ohne dass sie viel beitragen musste. Der Tee wirkte belebend, zusammen mit den ersten Sonnenstrahlen, die sich in ihm verfingen. Die Deutsche hatte Zucker hineingetan.

Sie sprach über die Landschaften der Makrofotografie. Sunmi stellte sich vor: Blaue Wälder, durchzogen von leuchtend türkisfarbenen Flüssen. Über smaragdgrünen Palästen glüht eine kristallene Sonne. Was in Wirklichkeit eine Milbe ist, ist ein Gebirge. Den Zucker in ihrer Tasse bewegten braune Stürme.

Claudia habe sich die Makrofotografie als Ausgangsmetapher für ein essayistisch-literarisches Buch gedacht, erfuhr Sunmi. Nun aber, nach einigen kläglichen Versuchen, sehe sie sich aufgeben, um stattdessen im nächsten, vielleicht letzten Lebensabschnitt gar nichts zu tun.

Die Deutsche als Rentnerin. Das erschien Sunmi abstrus. *Fishing for compliments* lautete das schöne englische Sprachbild für derartiges Gebaren. Sunmi verweigerte ihr die Reaktion. Zudem die Behauptung, sie wolle ihr Amt niederlegen, und Sunmi sei die Erste, die davon erfahre, unglaubwürdig war.

Warum sollte ausgerechnet sie die Erste sein, wo Claudia Aebischer doch etliche Verehrerinnen, Geliebte und Freunde haben musste? Es klang, als inszenierte die Deutsche eine persönliche Krise zum Zwecke der Vertrauensbildung. Ich muss auf der Hut sein, sagte sich Sunmi. Wo ist mein Misstrauen hin? Sie muss doch mehr sein als nur Präsidentin des europäischen Bibliotheksverbandes, wenn das Komitee sie für so wichtig hält. Mehr Distanz!

Sie sei gezwungen, das Thema Müßiggang für sich zu

entdecken, fuhr Claudia Aebischer fort. Das werde Sunmi vielleicht dekadent vorkommen, Müßiggang. Aber sie sei lange genug fleißig, geradezu arbeitssüchtig gewesen. Und nun wolle sie das lernen – Entspannen.

Sunmi versuchte es mit Ehrlichkeit. Misstrauisch sein einerseits, andererseits aber impulsiv reagieren – eine bewährte Mischung. Sie selbst fände es schade, schiede die Deutsche tatsächlich aus dem Amt. Hierzulande diene Arbeit immer dem Volk, und wer seinen Beitrag leisten könne, sei darum froh.

«Volk. Was heißt das?», fragte die Deutsche verschmiert. Als wäre daran etwas unklar: das Volk. Die Masse der Menschen. Die Leute. Das Leben.

Eines Tages werde hier jeder Jugendliche ein breites Bildungsangebot genießen, antwortete Sunmi. Jeder Jugendliche werde gelegentlich heiß duschen können. Und die Lebenserwartung werde deutlich mehr als siebenundsechzig Jahre betragen. Den UN-Sanktionen trotzend, arbeite jeder, den sie kenne, an diesem Ziel – dies verleihe dem Leben Sinn. Genuss, wolle sie meinen, sei indes kein Wert für sich. Ihr scheine, dass Claudia Aebischer selbst daran zweifle. Ja, ob sie den Müßiggang nicht insgeheim fürchte?

«Könnte sein, dass ich zweifle. An der Arbeit und am Müßiggang auch.»

Sie nippten an ihrem Tee wie *Freundinnen*. Freundschaft war für Deutsche ähnlich bedeutsam wie das Volk oder die Familie. An der Spree saßen Freundinnen vermutlich auf ähnliche Weise zusammen. Heike. Irene. Dora. Alles junge Touristinnen, die sie hatten mitnehmen wollen in ihre Welt, in ihre WGs.

Sunmi betrachtete schweigend die eigenen Knie. In ihrem privaten Besitz befanden sich ausschließlich Strumpfhosen aus Vinalon. Nylon war wie nackt sein und zugleich elegant geschminkt. Die Figur aus dem Datingroman hatte rote Nylons lustlos benutzt, um Männer zu manipulieren. Wohingehend?

Für ihre eigenen Zwecke. Das war deren Auftrag gewesen: das eigene Interesse. Was war Sunmis eigenes Interesse?

Als angehender Rentnerin, redete die Deutsche weiter, komme ihr ein Aufenthalt in dieser abgeschiedenen Landschaft gerade recht. Viel frische Luft, eine interessante Gesprächspartnerin, gemeinsame Lektüre – übrigens habe sie beim Botschafter erwirken können, dass noch einige Gesamtausgaben nachgesendet würden.

«Gute Nacht», sagte Sunmi plötzlich. Sie werde sich jetzt zurückziehen. Es war das Richtige, um die Oberhand zu behalten. Die letzten Männer, gegen Bären stoßend, waren gerade gegangen.

Vier Tage später stand ein Paket vor ihrer Tür. E. T. A. Hoffmann. Eichendorff. Tieck. Aber auch: Karoline von Günderrode. Annette von Droste-Hülshoff. Bettina von Arnim. Jeweils komplett. Nicht nur die paar Gedichte und Novellen, die Sunmi schon kannte. Alles auf Strahlpapier.

★

Wusste ihr Ehemann Wi mehr über die Deutsche und über eventuelle Geschehnisse in der Welt, die mit ihrem Auftrag zusammenhingen?

Am nächsten Tag fuhren sie zu einer Bowlinghalle in Flughafennähe. Die anderen Deutschen warteten dort. Sie würden früher als geplant abreisen und sollten mit einem launigen Programm verabschiedet werden.

Was war der Grund für den vorzeitigen Aufbruch? Und warum kam Claudia Aebischer nicht mit?

Wi reagierte nicht auf Sunmis Nachfragen.

Bier und Seitenspeisen standen neben den Bowlingbahnen bereit. Vorhersehbare Sprechmelodien erklangen. Es war der Gesprächsmodus, in dem Sunmi existierte, Claudia war eine Unterbrechung, sie hatte es nicht vergessen. Die Gesichter waren ängstlich, die Worte leer. Wi anwesend. Die Bowlinghalle tot und zugig.

«Ehefrau Sunmi werfe bitte eine Kugel!», rief Wi in einem Versuch von Spaßigkeit.

Sunmi pfefferte eine Kugel in die Seitenrinne. Die Aufstellmaschine rasselte *gespenstisch.* So hatte sie es in den westlichen Reiseblogs gelesen, und sie kam nicht umhin, deren Perspektive einzunehmen. Zivilisten kamen nicht an diesen Ort oder wurden allenfalls zum Spielen einbestellt – so auch heute. Wobei Sunmi gar nicht sicher sagen konnte, ob das stimmte, sie sah nur, dass sie sich über die Abwechslung freuten.

Lustvoll, aber unerfahren, suchten ihre Finger nach den Greiflöchern in den Kugeln.

Lustlos, aber besser, warfen die Deutschen.

Ob es in einer deutschen Bowlinghalle in der Vorstadt an einem Dienstagvormittag tatsächlich so viel lebendiger aussah?

Sunmi war jedenfalls froh, als sie wieder zurück war und mit Claudia im Garten Zuckertee trinken konnte.

Als die Wachsoldaten für einen Moment außer Hörweite standen, beugte sie sich zu ihr und flüsterte, die anderen Deutschen seien nach Hause geflogen.

Und wurde von Wi kurz darauf dafür gerügt. Sodass sie nun sicher war: Alles wurde gehört. Nicht von menschlichen Ohren, sondern von denen in ihren Kleidern.

★

Ob Sunmi hierfür eine Erlaubnis habe einholen müssen, fragte die Deutsche, als sie einen ersten langen Spaziergang zu zweit unternahmen.

Sunmi verneinte. Sie hielt ein aufgeschlagenes Bestimmungsbuch in den Händen, anhand dessen sie Claudia die Ähnlichkeit zwischen nordkoreanischer und deutscher Flora und Fauna darlegen wollte. Das Buch hatte man ihr zusammen mit einer schriftlichen Anweisung in ihre Kammer geschickt. Die von der Deutschen erbetenen Spaziergänge seien bewilligt. Intensivere Maßnahmen zum Aufbau von Nähe seien zu ergreifen.

Das bedeutete, zum Du übergehen, sogenannte *running gags* finden, um sie als Ausdruck zweisamer Exklusivität zu zelebrieren. Spitz- oder besser noch Kosenamen suchen.

Ihr Handlungsspielraum war groß, ihre Übersicht dagegen minimal. Es solle eine gemeinsame Reise zum Vulkan Paektusan geben, an die chinesische Grenze, hatte Sunmi aus einem kurzen Gespräch mit Wi erfahren. So vertraut ihr das Gefühl der Unwissenheit war, dieses Mal machte es sie aggressiv. Dazu kam eine wild wuchernde Phantasie: an die chinesische Grenze! Was waren dort für Szenarien denkbar – Flucht? Ein Wahnsinn, der nie so konkret gewesen war. Einmal fiel Sunmi fast hin, aber Claudias Arm hielt sie fest.

Lächelnd sagte die Deutsche, es sei sicherlich schwierig, gehend in dem Buch zu lesen.

«Dies ist das Gebirge der geheimnisvollen Düfte», sagte Sunmi möglichst kühl; sie hatte keinerlei Bedürfnis, als unsicher wahrgenommen zu werden. «Die im deutschen Raum unter dem Namen Ginster bekannte Pflanze trägt bei uns den hübscheren Namen Wiesengewölk.»

Claudia nickte und kniete sich zu Sunmis Füßen hin.

«Oder Wolken, also, einer Wiese. Ich übersetze es frei.»

«Was ist das für eine Riesenschnecke?»

«Es ist eine Nacktschildkröte. Sie ist blind.»

«Sieht ein bisschen wie eine Wärmflasche aus.»

Das ängstliche Tier schnaubte, und Sunmi spürte seinen Atem am Knöchel, da sie heute keine Stiefel trug, sondern flache Wanderschuhe. Und wie manche deutsche Frauen dazu: Kleid, aber keine Strumpfhose, zum ersten Mal in ihrem Leben. Sie wunderte sich über die Entscheidung, empfindlich und ausgeliefert kamen ihr die eigenen Beine vor.

Der Zeigefinger der Knienden rieb über die Nackenwulst des Tieres, ihre Augenbälle aber waren auf Sunmi gerichtet. Für die Dauer des Streichelns war es Sunmi, als würde eigentlich ihr Knöchel gestreichelt.

Warmer Atem. Claudia und Kröte. Sie waren unbemerkt zum Du übergegangen.

Sunmi hörte sich plötzlich einen Vorschlag machen, durch den vielleicht ein erstes wirklich ungestörtes Gespräch zwischen ihnen möglich würde. Kaum hatte der

Gedanke Form angenommen, flog er ihr aus dem Mund. Schneidig wie ein Befehl.

Schon waren sie auf dem Rückweg, schon in der Blauen Bibliothek – wo Claudia unbegreiflicherweise meinte, sie müsse noch kurz telefonieren.

«Beeile dich», sagte Sunmi.

Unten in der Sauna, nach etwa einer halben Stunde, stellte sie mit Entsetzen fest, wie sehr sie am Ausbleiben der Deutschen litt.

DER VULKAN PAEKTUSAN stresse den Planeten, laberte der junge Mitarbeiter des Bibliotheksverbandes am Telefon. Anfänglich wirkte er verwundert, dass Claudia keinen Grund für ihren Anruf nannte. Dann plauderte er sich ein. Aktuell beschuldige Südkorea den Norden, er habe den Vulkan durch Waffentests auf fahrlässige Weise angeregt. Russische Satelliten hätten eine Erwärmung um 0,16 Grad Celsius erfasst. Die japanische Regierung unterstelle seit Anfang der Woche, die Erwärmung des Vulkans werde von den Nordkoreanern gar mit Absicht betrieben. Kim Jong-un sei auf Harakiri-Kurs. Wie dem auch sei, Amerika habe noch nicht reagiert. Deutschland werde wohl abwarten, um sich dann irgendwie mäßigend zu äußern. Unterdessen sei ein deutsches Vulkanologen-Team zum chinesischen Teil des Paektusan gereist, um dort eigene Messungen vorzunehmen.

«Ah», sagte Claudia. Sie telefonierte über ein altes Drehscheiben-Telefon im Saal. Es stand dort demonstrativ herum, als könne in diesem Land jeder in der Weltgeschichte herumtelefonieren, wie er lustig war.

«Ja», fuhr der Mitarbeiter fort. Und Claudia wisse ja, wie das sei, wenn man so ein Thema dann recherchiere, nämlich *awkward.* Man lese *fake news* und Verschwörungstheorien, man liefere sich dem Medienchaos ungeschützt aus. Die deutschen Vulkanologen stimmten – nach seinen mühevoll abgesicherten Informationen – mit den nordkoreanischen Vulkanologen weitgehend überein. Die Erwärmung sei geringfügig. Nordkorea habe ein halbwegs funktionierendes Frühwarnsystem. Deutschland werde sich also möglicherweise sogar neutral positionieren, er wisse es nicht. Jedenfalls, *worst case* sei ein Vulkanausbruch in zehn Jahren; auch wenn das nach vulkanologischer Zeitrechnung sehr bald sei, habe es für Claudia keine Relevanz. Zumal das Ende des Bibliotheksprojektes im Auswärtigen Amt bereits anvisiert werde. Man munkle, es sei eine ziemliche Geisterbibliothek, keine Besucher und so. Oder munkle man da falsch?

Claudia bedankte sich für das Gespräch und legte auf. Was sie über den Vulkan gehört hatte, klang einen Moment lang brisant. Seit drei Wochen befand sie sich nun in der medialen Gefriermaschine des Realsozialismus. War angenehm runtergekühlt. War nichts mehr gewohnt. Aber es fiel ihr leicht, sich wieder hineinzudenken in das mediale Dauerfeuer. Spekulationen über minimale Vulkanaktivitäten am Arsch der Welt waren keine Aufreger, sondern Wissenschaftsinterna, man musste sie aufblasen, um für sie zu interessieren.

Nicht ihr Bier. Die Sauna machte ihr Angst. Nur deshalb war sie zum Telefon geflüchtet. Wie direkt Sunmi mit einem Mal war. Und dazu kamen diese Kosenamen, oder was immer das sein sollte, was Sunmi neuerdings in ihre hübschen Sätze einbaute. *Riesin* hatte sie schon zwei Mal gehört. Und je ein Mal: *Walküre*, *Wikingerin*, *Turm*. Die Worte saßen ihr als süßer Stachel im Fleisch.

Ich muss nicht telefonieren, ich muss darüber nachdenken, warum diese Spitznamen mich derart – ja, erwärmen, sagte sich Claudia.

Von Zeit zu Zeit war es vorgekommen, dass sich jemand sehr plötzlich und heftig in sie verliebt hatte. Bedachte sie Sunmis Attraktivität und den Altersunterschied, kam ihr der Verdacht vermessen vor. Dennoch. Im Falle des Falles wäre es in einem Land wie diesem entscheidend, mit Bedacht vorzugehen. Sie wollte Sunmi nicht in Gefahr bringen. Sie wollte sie vielmehr – und das kam ihr erst recht vermessen vor – retten.

★

Bis spät in die Nacht saß sie an ihrem Bogenfenster. Es tat ihr weh, Sunmi zu versetzen. Aber das Nachdenken dehnte sich aus, und sie musste sich dem stellen.

Während ihrer achtjährigen Präsidentschaft hatte sie viel zu wenig Sinnvolles bewirkt. Es war nicht nichts. Und doch: Angetrieben hatte sie weniger die Verbesserung der Welt als mehr die Sehnsucht nach Bestätigung.

Altruistin mit Energieüberschuss hatte ein Kollege sie einmal augenzwinkernd im Rahmen einer dieser trägenetten Festtagsreden genannt. Altruistin war Bauchpinselei. Energieüberschuss stimmte im Sinne von Kraftmeierei. Viel Arbeit, viele Buffets, wenig Wesentliches. Die Frage war: Was könnte sie Wesentliches tun, in Zukunft, wenn es das Schreiben nicht war?

Saunieren mit Sunmi wäre jetzt das Wahre gewesen. Seite an Seite mit der Frau, die schmerzhaft an ihr Herz rührte. Mit der sie gerne so lange und so frei reden würde, wie es in einem langen Lebensabschnitt draußen möglich wäre – nicht in Nordkorea, in so kurzer Zeit.

Frei zu reden mit Sunmi – wie sinnlich diese Vorstellung war! Sie wirbelte Neudeutsch, Altdeutsch, Denglisch, Englisch und noch alles Mögliche kraftvoll durcheinander, es ergab ein Amalgam, ein Konglomerat, sie fächerte die Sprachen in einer Weise auf, wie es wohl nur hier möglich war.

Selten nur rede sie mit Landsleuten, hatte Sunmi ihr verraten. Ihr ganzes Leben war Arbeit, und ihre Arbeit war das Sprechen mit Fremden. Wie mochte wohl ihre Doktorarbeit klingen? Zweimal hatte sie die erwähnt, zuckte aber bei jeder Nachfrage zurück, winkte ab – und winkte gleichzeitig heran.

★

Am nächsten Morgen fasste sich Claudia Aebischer ein Herz und nahm diesem Schatten von einem Mann, Wi, das Versprechen ab, ihr Sunmis Doktorarbeit zu beschaffen.

All ihre Notizen kreisten seit Tagen nur noch um sie.

Schwarzer Glanz der Augen = Glanz des Onyxsteins.
Nein, des schwarzen Weltraums mit einem einzigen Stern darin, auf dem der Gott wohnt, an den sie so leidenschaftlich nicht glaubt.
(Verächtlich zischt sie, als ich nach dem Tempel frage, dass der nur für Touristen dort steht. Und wie viel Ablehnung in ihrem Satz: «Ausländische Gäste zünden dort Räucherstäbchen an.»)

Claudia pflanzte ihren Bademantel an den dafür vorgesehenen Haken. Schlüpfte aus den Schlappen. Öffnete die Tür.

«Hallo, Sunmi.»

«Einen guten Nachmittag.»

«Ja.»

Dampf. Nirgendwo hinsehen. Sanduhr. Kein Schweiß aufs Holz. Ein künstlicher Stalaktit hing von der Decke. Die koreanische Stalaktitensauna regte angeblich die Blutzirkulation an, irgendwelche Salze waren im Spiel.

Claudia würdigte in aller Hitzeweichheit zwei braune und angenehm volle Schulterblätter, als Sunmi sich kurz in ihr Blickfeld beugte. Nordkoreaner seien aufgrund der über Generationen andauernden Mangelernährung im Schnitt neun Zentimeter kleiner als ihre Schwestern und Brüder im Süden, hatte Claudia gelesen. Zum Glück sah Sunmi gesund bis blühend aus, auf keinen Fall dürr.

Emsig war Sunmis Lieblingswort im Deutschen, und es passte: Emsig bereitete sie den Aufguss vor, zupfte ihr Handtuch zurecht und zog ein Holzeimerchen heran. Ihr nach wie vor streng geflochtenes Haar, das nassgeschwitzt intimer wirkte, berührte Claudias Oberarm. Ließ dort ein kühlwarmes Sehnen zurück, das in Claudia aber auch sofort einen Gedanken – Bloß keinen Helferkomplex! – aufkommen ließ.

Denn das war es, was sie hemmte. Die eigene Sinnleere bezüglich ihres Amtes, bezüglich der letzten zehn, zwanzig Jahre, durfte hier nicht wichtig sein. Trenn das, ermahnte sie sich.

Es werde auf dem Paektusan ein Treffen deutscher und nordkoreanischer Vulkanologen stattfinden, sagte

Sunmi sofort. Oder besser gesagt: ein *Internationales Treffen der Völkerfreundschaft und der Vulkanologie.* Sie könnten gemeinsam hinreisen. Auch internationale Presse sei zugegen. Claudia bekomme die Gelegenheit, etwas Tourismusförderndes zu sagen. Sie könne dort eine Rede halten. Bitte.

Durch den knisternden Nebel drang besonders eindringlich dieses Wort – bitte.

«Es ist sehr heiß. Das Denken fällt mir schwer», sagte Claudia.

Über dem knackenden Kohlebecken glomm ein kleiner Sternenhimmel. Die wenigen funktionierenden Dioden wechselten von Grünlich nach Orange und zurück. Unversehens schoben sich Sunmis Füße nach vorn. Für einen winzigen Moment meinte Claudia, stark behaarte Zehen zu sehen. Aber es war nur die Hitze, die ihr schwarz ins Bewusstsein strichelte.

Verblendung liegt vor, sagte sie sich, ich erlebe hier eine White-Savior-Verblendung, einen White-Savior-Komplex! Jetzt betrachte ich meine Nordkoreanerin schon als bepelzte Eingeborene, die von mir – der großen weißen Frau – aus ihrem Land herausgerettet werden will.

Zurücklehnen. Augen zu. Blicke spüren, aber deren Wertschätzung nicht falsch verstehen. Die eigene Zuneigung nicht überbewerten.

Nach einer Weile ergriff Sunmi erneut die hölzerne Kelle und den Märcheneimer, schmiss – kernig – Wasser auf zischende Kohlebröckchen. Efeuranken aus Nebel umwanderten ihren Arm, ihre Achsel und ihre Schulter. Claudia sah geradeaus in den Minivulkan des Aufgusses und konnte doch Sunmis Bewegungen – jede Nuance jeder Bewegung – fühlen. Durch das ständige Reden in Andeutungen und Blicken war ein Band zwischen ihnen entstanden. Oder auch, dachte Claudia, weil wir wissen: Du bist ich in anders. Das, was du nicht hast, wartet bei mir. Vielleicht.

Heißkalt durchfröstelte es sie.

Wie das so ist im Bann des Stockholm-Syndroms, dachte sie: Als würden wir uns ewig kennen. Wir sind Bewacherin und Bewachte. Wir sind aufeinander angewiesen. Selten sind die Situationen, in denen das Verhalten eines anderen Menschen derart zählt. Schließlich kann man in diesem Land jederzeit zu Tode kommen. Ja, im Extremfall könnten wir die jeweils andere durch unser Handeln töten! Und beide wissen wir, dass wir das nicht wollen. Wir haben uns einander anvertraut.

Internationale Presse werde am Paektu versammelt sein, fuhr die Freundin fort. BBC. CCTV. СМИ. AL JAZEERA. Reise-Blogger. Sie also empfehle diese Rede, sagte Sunmi. Sie bitte Claudia, die DVRK vor der Presse auf dem Vulkan als Reiseland zu empfehlen – von Herzen.

Das Auswärtige Amt warnte vor derartigen «Freundschaftsdiensten». Jeder auch nur minimal bekannte Ausländer werde vom nordkoreanischen Zentralfernsehen zu lobenden Worten gedrängt. Ein Bundesliga-Schiedsrichter hatte feststellen müssen, dass sein Lob des Kim-Il-sung-Stadions seit Jahren in Endlosschleife lief. Ebenso war es Claudias Bekanntem, dem Regisseur, ergangen. Er hatte einmal vor laufender Kamera von der Schönheit eines Paektu-Geysirs geschwärmt.

Das Auswärtige Amt werde mit einem solchen Auftritt womöglich nicht einverstanden sein, gab Claudia zurück.

Was wäre, fragte Sunmi, wenn sie es trotzdem tue? Was passiere in dem Fall?

Ich würde nicht kopfüber aufgehängt oder sonst wie gefoltert, hätte Claudia am liebsten gesagt. Stattdessen drehte sie die Frage um. Ob Sunmi etwas passieren würde, wenn sie ihrer Empfehlung nicht folgte?

Eine schmale Hand griff aus dem Dampf nach Claudias Arm und doch irgendwie ins Leere, des Schweißes wegen, sie rutschte ab. Sunmi stöhnte leise, sie beugte sich zu Claudia. Als sie eine Hand zum Flüstern vor den Mund legte, dicht an Claudias Ohr, war nichts daran Andeutung und Rätsel. Das nackte Gegenteil: ein dringendes Hämmern an ihrem Trommelfell, ein heißer Wind von schnellen Worten.

Ihr Leben sei gewiss nicht in Gefahr. Aber sie würde gern mit Claudia zum Paektusan reisen. Da sie von dort stamme – ihre Stimme wurde noch leiser –, kenne sie einen Fußweg nach China.

Der Kontakt von Lippe zu Ohr brannte und drängte noch mehr als ihre Worte. Sunmi schluckte hörbar. Wieder beugte sie sich vor. Wieder berührte ihre Hand ihren Arm.

Daran habe sie, Claudia, doch selber gedacht, oder täusche sie sich? Sie vertraue Claudia, wenngleich man sich noch gar nicht lange kenne. Sie habe noch nie jemandem so vertraut.

«Du möchtest ...?», flüsterte Claudia und sagte statt *fliehen*: «weg?»

«Nein, halten wir noch einen Moment in der Sauna aus», sagte Sunmi laut.

«Ich bin deiner Meinung», hörte sich Claudia sagen.

Sekunden später rumpelte es. Eine Soldatin öffnete die Tür. Man möge heraufkommen, Abendessen.

★

Bei Tisch schauten Wi und seine Soldaten Claudia anzüglich an. Fast alles mochte mitgehört worden sein, aber das Wichtige konnten sie nicht wissen: wie Sunmi ausgesehen hatte, als ihr Wunsch ausgesprochen war.

Das Bild blieb bis in die Nacht. Wie die Saunatür aufgeht. Wie das Licht reingreift. Claudias Blick klatscht auf Sunmis schweißglänzende Brust. Sunmi sitzt zur Seite geneigt, die Knie geöffnet, auf einen Handballen gestützt. Ihre Körpersprache aufrichtig, alles andere als kokett, eher welk, todernst, abgeknickt schön, Hoffnung darin.

Dieser Fluchtwunsch ist nicht gespielt. Auch wenn ich das meinen Leuten gegenüber behaupten werde.

Es gibt Wahrhaftigkeit, dachte Claudia. Man erkennt sie in einem panischen Blick.

DIE VIELZAHL DER westlichen Angebote zur Fluchthilfe lasse sich leicht erklären, beeilte sich Sunmi der Genossin am Telefon zu versichern. Der Westmensch reist nach Koryŏ. Er trifft dort auf eine Fremdenführerin, die ihm Tag und Nacht nicht von der Seite weicht. Ohne Reisepass, Telefonnetz und Internet fühlt er sich ihr ausgeliefert. Aufgrund der Westpropanda verspürt er zudem andauernd Todesangst. Und wenn er dann merkt, es handelt sich bei der Fremdenführerin um eine friedliche und nahbare Frau, verkehrt sich die Todesangst in ihr Gegenteil.

Lebenslust. Etwas wie Liebe. Eine übergroße Dankbarkeit stellt sich ein. Eine solche Güte ist ihm, dem westlichen Menschen, selten widerfahren! Was in Koryŏ allgemein üblich ist, nämlich ein gutherziges Miteinander, bezieht er auf sich allein, auf die Beziehung zwischen sich und der Frau, die zu seinem Schutz bestellt ist. Die er nun seinerseits beschützen will.

Ohnehin ist der in die Volksrepublik reisende Westler oftmals ein Suchender. Und die Liebe zwischen Individuen gilt ihm als die höchste Form der Liebe. So hat es ihm die amerikanische Filmindustrie vorgegaukelt. Ausgerechnet diese ganz egoistische Liebe, meint er, bringe seinem entfremdeten Leben Erlösung und Sinn.

Er vergöttert die Koreanerin auch ihrer Gesundheit wegen. Solche Frauen kennt er nicht. Zugleich bildet er sich ein, helfen zu können, und bietet ihr an, mit ihm zu fliehen. Im Tourismusbüro seien solche Angebote als *Luftballons* bekannt, erklärte Sunmi.

Der Name spiele auf die Ballons an, die Südkorea in den Norden schickt, versehen mit Propagandatexten. Beides gleichermaßen unerwünscht. Aber seit Kurzem werde umgedacht im Tourismusbüro, unter anderem auch von ihr. Bestehe nicht die Möglichkeit, die Angebote zum Nutzen der DVRK zu verwenden?, sagte Sunmi und: Aus diesem Grunde habe sie Claudia Aebischer ihre Zustimmung signalisiert.

In Anbetracht der veränderten Lage, sagte die Stimme nach einer Pause, solle Sunmi besser persönlich erscheinen, an einer noch zu bestimmenden Stelle im umliegenden Wald.

Dort erwartete Sunmi ein ihr unbekannter General, jünger als jene, die sie sonst unterwiesen. Sie fragte sich, ob es Verschiebungen im Zentralkomitee gab. Claudia hatte von dem Gerücht gesprochen, Kim Jong-un sei erkrankt. Schon einige Male hatte Sunmi das nun gehört. Weiter darüber nachzudenken, war jedoch müßig. Solange sie in Koryŏ lebte, würde sie immer unwissend sein.

Ob das Manöver in der Sauna von ihr ausgegangen sei, fragte der junge General Sunmi.

Sowohl als auch, sagte sie, sie habe das Thema entsprechend gelenkt.

Gut. Der Vulkanlüge wegen hätten bis auf Eritrea, Usbekistan, Äthiopien, Sudan und Burma alle Länder ihre

Botschafter abgezogen. Und das in Zeiten, in denen das Beach-Resort Wonsang-Kalma vor der Fertigstellung stehe. Sunmi solle im Folgenden nach eigenem Ermessen verfahren – sie habe alle Freiheiten, werde sich allerdings zu verantworten haben, wenn ihr Vorgehen kein Ergebnis bringe.

Der Berechtigungsschein für die Reise zum Paektu komme morgen per Kurier. Sunmis Gatte werde als Fahrer fungieren. Das Komitee erwarte eine Rede, die weltweit Beachtung finde.

Finsternis, als der Mann weg war. Ein Auto entfernte sich knirschend.

Durch ihr impulsives Verhalten in der Sauna hatte Sunmi nun zwei Handlungsoptionen. Genau eine Option mehr, als sich ihr gewöhnlich bot.

1. Was sie tun sollte.
2. Was sie tun wollte. Falls das tatsächlich möglich war.

★

Es lag ein Drücken über der Villa. Die Schwammschwere des Vormonsuns. Himmel grau. Haus grau. Ihre eigenen Hände grau. Wi schickte am nächsten Tag nach ihr, ein Soldat brachte sie in seinen Wohnbereich neben dem Saal. Was an Annehmlichkeiten vorhanden war, das europäische Bett etwa, nutzte Wi erwartungsgemäß nicht. Er lag auf einer Matte, die er als junger Mann beim Militär bekommen hatte. Die anderthalb Beine stramm ausgestreckt. Ellbogen eng am Körper. Finger auf der Brust gefaltet. Etwas Soldatisches, Asketisches sprach aus dieser Haltung.

Ohne sie anzusehen, murmelte er Worte, die zu hören Sunmi kaum glauben konnte. Nämlich: Morgen gehe es los. Und wenn dieser Sonderauftrag erfolgreich abgeschlossen sei, dann, finde er, habe man seine Sache gut gemacht.

Nie, nie hatte er so wohlwollend zu ihr gesprochen.

Selten überhaupt so viele Sätze am Stück.

Wären sie auch nur ein wenig wie Freunde gewesen, hätte es sie gefreut.

Er trug Unterhemd und Unterhose. Diese Tatsache alleine war das Zeichen, der Befehl. Blickkontakt brauchte es nicht.

Während sie sich auszog, stellte sie sich vor, er sei nicht da. Auf dem Bett stand ein aufgefächerter Werkzeugkoffer, Präparationsinstrumente zur Ausbesserung der Bären. Als sie sich zu ihm legte, hielt sie den Blick auf eine Pappschachtel voller Glasaugen gerichtet, konzentrierte sich auf die Kugeln und stellte sich vor, es wären Planeten oder große Perlen. Sich zu weigern, war nie denkbar gewesen. Nicht die Verweigerung selbst brächte sie ins Gefängnis, aber das erdachte Vergehen, dessen Wi sie bezichtigen würde.

Lust wohnte nicht mehr in seinem Körper. Allein die Hoffnung, doch noch einen Soldaten zu zeugen, trieb ihn an – zur Wiedergutmachung des Ungenügens, als das er sein Leben ansah. Da er sein Gebiss nicht trug, hingen seine Wangen herunter. Sunmi spürte weniger etwas Hartes, dort, wo das Geschlecht war, mehr ein Gewürm. Weich. Kleinteilig. Als hätte die Tellermine aus einem Geschlechtsorgan viele gemacht.

Es dauerte.

Manchmal fragte sie sich, ob er ihre Schwester, hätte sie überlebt, angenommen hätte. Denkbar war es. Wenn sein Blick überhaupt je wohlwollend auf etwas ruhte, dann auf dem Nachwuchs des Volkes, wenn dieser auf dem Kim-Il-sung-Platz Akrobatik für die Massenfestspiele probte, beispielsweise. Er selbst hatte Kim Il-sung dort noch sprechen hören, vor einer Ewigkeit, als Kind.

Sunmi entdeckte in dem einzigen kleinen Bücherregal an der Wand eine blassblaue Kladde. Ihre Doktorarbeit.

Als Wi von ihr abließ, war eine Ahnung von Flüssigkeit aus ihm gekommen, vielleicht nur Wundflüssigkeit, aber sie sah sich gezwungen, Vorsichtsmaßnahmen zu ergreifen. Hastig zog sie sich an, griff sich die Kladde, die ihr jetzt zustand, fand sie, rannte hinauf ins Bad und wusch sich aus.

Jahrelang hatte sie ertragen, was sein musste. Jetzt wusste sie: Nie wieder. Der blaue Papierumschlag der Kladde erinnerte sie an die Parallelwelt, welche das Arbeiten damals für sie dargestellt hatte.

★

Als sie auf Claudias Kammer zuging, schickten die Soldaten ihr spöttische Blicke. Aber sie waren nurmehr Statisten am Rand einer genehmigten Mission. Sie zwang sich, es so zu sehen, mit diesem Stolz. Es gelang. Sie zog die Tür hinter sich zu.

Claudia lehnte rauchend an ihrem Tisch vor dem Bogenfenster. Ihr kurzes dunkelblondes Haar war auf eine Weise struppig, die sie jünger wirken ließ, etwas wirr und unergründlich.

Sunmi überreichte ihr die Doktorarbeit. Ein wenig, wie jemand, der ein Begabtenzertifikat aushändigt, dachte sie, oder einen Reiseberechtigungsschein.

«Danke», sagte Claudia, und schob Sunmi das Stanniolpapier aus ihrer Zigarettenschachtel hin, auf das sie Fragen zum Ablauf ihres gemeinsamen Vorhabens notiert hatte. Sunmi beantwortete sie mit einem Nicken. Es waren Rückversicherungen, dass sie sich richtig verstanden hatten.

Ja, Sunmi wollte.

Ja, die Rede war Vorwand, würde nicht gehalten werden müssen.

Ja, den Fußweg über die Grenze nach China kannte sie genau. Schon übermorgen wären sie ganz in der Nähe.

Claudia verbrannte das Papierchen im Aschenbecher und sah sich die Doktorarbeit an. Die minderwertige Fadenbindung, die zum Teil sich lösenden Seiten, die verschmierte Druckfarbe, solcherlei Kleinigkeiten galten ihr nichts, das sah Sunmi schon daran, wie sie die ersten zwei Seiten überflog.

Claudia war eine inhaltliche Person. Sie würde beantworten können, was sie sich immer schon fragte. Was sie sich lange nicht mehr bewusst gefragt hatte.

«Universalpoesie ... ursprünglich aus Korea stammend ... Na ja. Animismus und Naturreligion haben auch die alten Ägypter gekannt, der Begriff könnte allgemeiner kaum sein.»

«Es ist nur dem Umschlag nach eine Doktorarbeit», sagte Sunmi. «Es ist ein Lied.»

Das war ein Witz. Und es war wahr.

Sie stießen an. Der spanische Wein aus dem Botschaftsviertel schmeckte eisenschwer. Kein universeller Geist durchdringe die Welt, schlug Sunmi vor, es sei mehr die Vorstellungskraft, Menschen, die sich in andere hineinversetzten. Das fühlten deutsche Dichter und genauso der Dichter Chae'k.

«Australischer Dünnwein», so nannte Claudia den Wein, den sie als nächsten anbrachen. Sie entschieden gemeinsam, dass Vorstellungskraft alles war. Phantasie keinesfalls! Weil Phantasie nach Seifenblasen und Walt Disney klang. *Vorstellungskraft*, weil es ernst, anstrengend und technisch klang. Und deutsch.

Claudia äußerte in Richtung ihrer Hand, die von Sunmis Hand ergriffen worden war, etwas Wunderbares:

Sunmi gebe es nur einmal. Sunmi habe auch einen Beruf, den es nur ein einziges Mal auf dem Planeten gebe. Sunmi existiere wie eine einsame Eremitin auf einem gigantischen Berg aus Touristen.

Und was ist das jetzt Peinliches in meinen Augen?, dachte Sunmi. Es waren zwei Tränen, die sie schnell wegwischte.

Später stand sie vor dem Mosaik neben dem Badezimmer. Sie kam an keiner Paektusan-Darstellung vorbei, ohne sich, einen bestimmten Punkt fixierend, zu sagen: Da liegt meine Kolchose. Nicht wichtig genug, um abgebildet zu werden – aber es gibt sie.

Claudia kam soeben mit neuem Wein die Treppe herauf. Sunmi nahm Claudias Zeigefinger und schob ihn über den Fußgängerpfad nach China. Im Mosaik. Und sie rieb über Claudias Finger, und Claudias Finger rieb über das Steinchen oberhalb des Himmelssees, ohne zu begreifen.

Bei dem dreigeteilten Wasserfall.

Wo China beginnt.

«Da», sagte Sunmi.

Und als sie wieder in der Kammer saßen und Claudias Fingernagel unter Sunmis Fingernagel fuhr, da schoss Strom durch Sunmis Körper, obwohl es ja nun wirklich eine sonderbare und eher befremdliche Berührung war; Strom von anderem Planeten.

«Wir müssen früh raus», sagte sie, um von ihrem Bewegtsein abzulenken. Und dann noch: «Also.» Weil Claudia ihr Also-Sagen mochte.

Dass der frühe Vogel den Wurm fange, sagte Claudia.

FÜNFUNDDREISSIG JAHRE ZUVOR war die sechzehnjährige Claudia Aebischer im Städte-Express von Jena nach Schwerin gefahren. Eines Prosagedichts wegen, das ihr Vater für sie zum *Wettbewerb des Zentralen Poetenseminars* geschickt hatte. Hundertzehn Jugendliche waren mit ihr ausgewählt worden und würden fünf Tage im Zeltlager verbringen. Auch wenn sie das eingesandte Prosagedicht da schon nicht mehr mochte – sie schrieb lieber Langgedichte, die weniger politisch und bewusst fragmentarisch waren –, freute sie sich auf die Abwechslung. Sie hoffte auf einen Menschen wie die Anette aus dem DEFA-Film *Träum nicht, Anette* und traf dann Teresa.

Als Tochter eines Apothekers hatte Teresa Dragees dabei. Die verarbeitete Pflanze hieß Taumel-Lolch, und das Zeug peitschte den Puls hoch und berauschte; eine Flasche Goldbrand verlieh ihnen Mut.

Das Zeltlager lag unweit des Schweriner Sees. Der Hexerei beschuldigte Kinder waren hier vierhundert Jahre zuvor enthauptet worden. Gedenksteine zeugten davon. Die Seminarleitung regte an, zu dem Thema etwas für das Werkstattbuch *Rote Feder* zu verfassen.

Die meisten der Claudia sympathischen Schreibenden tendierten zu spätexpressionistischen Texten anderen

Inhalts. Großstadt, Entfremdung und Tauben kamen vor. Teresa aber schrieb tatsächlich eine Fabel zu den Hexenkindern, und Claudia fand das sehr folgsam und nach einem kurzen Zögern auch: reizend. Diese säbelförmige Teresa – nein, eigentlich war es nur die säbelförmige Teresa, die sie reizte und berührte, das Folgsame nicht, hoffte sie hinterher.

Teresa, Besteigerin einer Mühlenruine.

Als wäre Claudia ein liegender Bogen und Teresa eine Sehne, die sich auf ihr spannte, so verbrachten sie einen halben Tag auf der Ruine. Haptisches blieb als Erinnerungsschatz. Und fiel ihr wieder zu, als sie Sunmi traf. Säbel, gespannte Sehne.

Claudia hatte sehr eindeutig, sehr kompromisslos den Wunsch gehabt: Schriftstellerin werden. Simplicissimus. Die wilden Engelsgedichte von Bertolt Brecht. Die Edda. Apollinaire. In den Wochen und Monaten vor dem Poetenseminar war der Flügelschlag eines großen Vogels über ihr gewesen, einmal, zweimal, sie hatte unter seinem Schatten gefröstelt und fast gewagt, aufzusehen, sich dranzuhängen und mitzufliegen – hinein in das übermütigste, größte, grandioseste Schreiben.

Stattdessen kam Post. Die fertige *Rote Feder.* Dieses Jahr trug sie den Untertitel *Jacke wie Hose*, was zugleich der Titel des Eröffnungstextes war, Claudia Sigrid Aebischers Prosagedicht.

Sie schämte sich vor sich selbst. Als patent, pfiffig und jung wurde ihr Gewört empfunden. Tatsächlich zeugte es von Sprachbegabung, Verlogenheit, sozialistischen Allgemeinplätzen und Gefallsucht. Etwas in ihr hatte es geschrieben, und dieses Etwas hasste sie nun.

Ihre Eltern waren stolz. Weil es gute Eltern waren, verstanden sie auch: Ihr gefiel es nicht mehr. Dass der Glaube an die eigene poetische Seele gestorben war, ahnten sie vielleicht – *Ach, die Pubertät,* so beruhigten sie sich. Der Inhalt war ihnen gleich.

Taub vor Scham, musste Claudia das Gewört vor der Klasse verlesen. Anstatt danach weiterzuschreiben, hörte sie auf, las zur Selbstbestrafung auch nicht mehr, fing an zu turnen, später zu ringen.

Nach der Wende in Berlin hatte sie versucht, noch einmal neu anzufangen mit dem Schreiben, jetzt als junge Erwachsene. Sie dachte über Politik nach und wunderte sich, das in ihrer Welt in Ilmitz am Stadtrand von Jena nur wenig getan zu haben. Ihre respektierten, großgewachsenen, frohgemuten Eltern hatten sie, musste sie einsehen, zur Folgsamkeit erzogen.

Eine poetische Seele hätte damals weitergeschrieben, anstatt sich die Ernst-Thälmann-Turnmedaille und den ersten Platz im *Kompass-Wettbewerb der Jungpioniere* zu sichern. Sie habe nicht das Recht, jetzt dichtend daherzukommen. Sie könne nicht aus der Vergangenheit schöpfen, befand sie. Ihr hätte damals der Mumm nicht fehlen dürfen!

So waren es die Halbpunks ihrer Berliner WG, die Erstaunliches zu schreiben versuchten. Deren Westkindheiten waren null heroisch. Aber das belastete sie nicht. Sie feierten sich frei in einige Jahre froher Selbstüberschätzung hinein. Claudia hielt sich gleich an das Rentable und Realistische, zu dem die anderen später notgedrungen fanden.

Aber jetzt Sunmis Wortgewuselwunder! Dieses fremde Nest von einer Dichtung! Claudia lag im Bett und hatte die Arbeit nur anlesen wollen. Sie war betrunken, draußen war es dunkel, schon morgen würde die wahnsinnige Reise beginnen. Sie konnte kaum greifen, was Sunmi und sie da planten und ob es realistisch war. Zurechnungsfähigkeit würde von Nutzen sein. Also eine Zigarettenlänge nur lesen –

Anderthalb Stunden später tauchte sie aus dem Text auf wie aus einem Unterwassertraum. Oder ein Unterwasservulkan in einem Unterwassertraum hatte sie aus dem Wasser gestoßen –

Alles.

Der Text kam als genreschmelzender, pyroklastischer Strom. Mein Gott! Wo war das Thema? Dornengestrüpp in einem Tunnelsystem. Tarntinte. Dotter. Stacheldraht. Torf. Und: Haar. Nester aus blutwarmem Haar.

Romantische Begriffe?

Massenhaft. Doppelgängerinnen, blinde Spiegel und Somnambulismus. Sunmi zitierte vor allem Novalis. Schrieb selbst aber besser.

Es trat eine Leserin auf. Die zog sich am eigenen Schopfe aus einem Moore. Selbstermächtigung in nächtlichen Wäldern spielte eine Rolle. Es ging um Zen. Nein: Flow. Um die Durchsichtigkeit des Selbst. Unsterblichkeit der Seele. Niemand ist je geboren worden, und niemand wird je sterben.

Nach dreißig weiteren Minuten war Claudia klar: Ich befinde mich tatsächlich in einem Nest. Ich spüre etwas, das kommt. Ich brüte im fremden Lied. Und ich spüre das Gegenteil von Angst, Lust zu leben eben.

Teutschland und Koryŏ seien seelenverwandt, las sie,

beide willkürlich geteilt von fremden Mächten. Hier die Heimat der Denker. Dort die Heimat der Rachen. Drachen? Drachen und Lenker. Was in dieser Lava blubberte, wäre mit *Rechtschreibfehler* unzureichend beschrieben, stellte Claudia fest. Zum Beispiel *Rachenflügel.* Ging es um Stimmbänder oder um Echsen? Oder um Sunmi, die ihre Wut runterschlucken musste? Um Siegfried, den Drachentöter?

Tagebuch-Sound. Hymnisch, vulkanisch.

Eine deutsch-koreanische Verwirrschrift. Sie zog Claudia einen Schleier, der da lange gewesen war, von den Augen weg. Ließ sie denken: Ich komme hier als junge Frau vor, als mein eigenes Potenzial!

Es folgten dann zähe Passagen. Plötzliche Selbstbeschränkungen und Zugeständnisse an die wissenschaftliche Form. Claudia konnte sich nicht vorstellen, dass auch nur ein einziger Prüfer je bis Seite dreihundert gekommen war. Es war ein ungelesener Text, ein Buch nur für sie. Ja, dieser Text war das Buch, dessen Schatten sie kannte, der große, große Vogel, an den sie sich nicht hatte dranhängen können.

Ich übertreibe, sagte sie sich. Ich verirre mich in einem Moor. Las weiter –

Was meint der Dichter *here*?, lautete eine der erfreulichen Überschriften. Dann ging es mit wehenden Fahnen zurück ins Chaos! Gleich zwölfmal auf einer einzigen Seite las Claudia das niederdeutsche Wort *sintemalen.* Dem Taugenichts oder Ähnlichem entnommen. Toll gegen Denglisches crashend. Aber nirgends auch nur ein Schatten von unlebendiger Ironie.

Im Morgengrauen meldete sich Claudias Vernunft.

Es wurde hell. Sie war blau. Besser, sie ging schnell duschen.

Ein strahlend weißer Bademantel mit hellbraunen Füßen unten dran kam ihr entgegen. Sunmi unter einem Handtuchturban in einer Duftwolke aus *Badusan*. Es war der Geruch ihrer Eltern, Claudia erkannte die etwas banale Kunstfrische darin, ihr Kindheitsshampoo, auch wenn es hier anders heißen mochte. *Badusan*. Achtzigerjahre-Pfefferminz.

Narkose. Durchsichtigkeit. Schöne Füße. Dichtete sie duschend.

★

«Dein Text ist bockig», sagte sie später. «Ich nehme an, das vorrangige Thema ist die bedauerliche Tatsache, dass du deine sprachliche Hochbegabung im Tourismussektor verschwenden musst. Anderswo wäre dir ganz anderes möglich.»

«Meint bockig *gut*?»

Lobgesänge fielen Claudia schwer. Nein, so, jetzt, im harten Morgenlicht, ging es nicht. Erst packen.

Badusan. Berlin. Ihrer beider Zukunft. Wer könnte Sunmi in Charlottenburg sein?

Nichts Geringeres als ein Stern. Auf dem alten Konferenzstuhl vom Flohmarkt. Ihr gegenüber. Wo lange schon niemand mehr gesessen hatte. Lebensgierig, Sunmi, einerseits, andererseits schutzbedürftig. Und Claudia würde sich dabei zum Altruistischen hin verbessern, sie würde ihrerseits heil werden und – ganzer. Zusammen würden sie diese oasige Zeit erleben, in der man sich noch einmal fragen darf: Was ist eigentlich das richtige Leben? Geht es um Genuss? Um Austausch? Viele Menschen? Viel Arbeit? Viel erleben?

Sie würde sagen: Sunmi! In Koryŏ gibt es insgesamt nur sechzehn U-Bahn-Stationen. Wir haben hier in Berlin allein für unsere Ringbahn siebenundzwanzig. Es ist wahr: Hier kannst du einmal durch die ganze Stadt im Kreis. Davon hatte Sunmi nämlich gesprochen, dass sie sich das toll vorstelle; *mit der Ringbahn fahren* klang bei ihr nach einer Lustfahrt durch die Ringparabel.

Und Claudia würde noch heute, später, zu Sunmi sagen: Du kannst bei mir natürlich heiß duschen. Du könntest bei mir so oft heiß duschen, wie du willst. Was sind deine anderen Wünsche im Leben?

Nach dem, was Sunmi ihr erzählt hatte, war Claudia zu der Auffassung gelangt, dass der gravierendste Unterschied zwischen ihren beiden Ländern für Sunmi im Wohlstandsgefälle bestand. Angenehm leben war noch verlockender, als frei zu leben, das hatte Sunmi, so oder so ähnlich, in ihrer beider Andeutungssprache gesagt. Mit einem sarkastischen Unterton hatte sie es gesagt, weil sie nicht stolz darauf war. Und weil es stimmte.

Claudia hatte etwas anderes gedacht. Nämlich: Hedonismus allein wird einem stolzen Menschen wie Sunmi nie reichen. *Auch bei uns kannst du für etwas leben, das größer ist als du selbst!* Auch das stimmte ja. Sunmi würde schreiben. Claudia würde organisieren. Sie würde ihr das Glück in kleinen, guten Dosen zuführen.

Größer als man selbst: Sich kümmern um einen anderen Menschen. Die Leere der letzten Jahre vergessen.

Sex? Wohltuend egal! Vermutlich würde Sunmi bald

eigener Wege gehen, und so durfte es auch sein. Claudia würde sagen: Danke, dass wir etwas Nicht-Sexuelles miteinander erleben. Etwas Größeres. Freundschaft. Gespräche, Berührungen und Auslassungen. Nichts könnte beseelender sein. Familie.

DIE UNBEKANNTE AUF dem Beifahrersitz hatte sich ihnen als Frau Kim vorgestellt. Sunmi hatte für einen Moment die beliebte Schauspielerin Kim Yo-jong in ihr zu erkennen geglaubt. Der porzellanene Teint. Die schmalen Fesseln. Das Bitterschöne ihrer Lippen. Sie sprach aber mit der Stimme, die Sunmi vom Telefon kannte. Ein zu gleichen Teilen aggressiver wie spöttischer Ausdruck lauerte in ihrem Gesicht. Sunmi war sich sicher: So lächelte eine Frau mit Verantwortung, einer Verantwortung, ob derer sich Lächeln verbat.

Wi lenkte das Auto übertrieben zurückgelehnt. Vermutlich, um Souveränität vorzutäuschen, als einziger Mann. Es hätte Sunmi nicht gewundert, wenn er dazu übergegangen wäre, mit Knie und Kniestumpf zu steuern und die Arme hinter dem Kopf zu verschränken. Seine fachliche Unterlegenheit quälte ihn. An der Tourismusfront hatte sie zwar nie Macht über ihn gehabt, war aber immer schon die bessere Kämpferin gewesen. Und nun war sie sogar Sonderbeauftragte.

Trotz allem tat er ihr leid. Seine Todesnähe. Seine Unansehnlichkeit. Sein Schmerz, dem Volk nicht helfen zu können. Alles, was er darstellte, war an dem Punkt seines Lebens, an dem er nun angekommen war, hohl.

Sunmi wollte mehr lieben. Mehr erleben. Mehr wissen.

So viel hatte sie inzwischen über sich herausgefunden. Von den Geschehnissen im Ausland erfuhr sie durch die Touristen mehr als andere. Aber da gab es auch Spinner. Selbsternannte Erdballexperten. Und was die ihr wiederum an Gerüchten über Koryŏ aufdrängten – heraus kam ein aufwühlendes Chaos aus Spekulationen.

Früher war sie geneigt gewesen, die Hausfrauen in ihrem Wohnblock um ihr völliges Nichtwissen zu beneiden. Inzwischen nicht mehr. Inzwischen hatte sie zu viel von dem Leben im Ausland gehört. Sie musste herausfinden, wie es wirklich war. Sie musste raus.

Neben ihr auf der Rückbank spielte Claudia die Rolle der Manipulierten. Sie machte es gut. Sie sprach wenig, und wenn sie sprach, klang ihre Stimme gedämpft und etwas naiv. Ein wenig Rouge hatte sie – ungeschickt wie eine Jungpionierin – aufgetragen. Passte zur Rolle.

«Es wird mir eine Freude sein, meinen Freunden mit einer Rede zu helfen», sagte sie auf Nachfrage.

Was ihr noch nicht bewusst sein konnte: Sie würde die Rede so oder so halten und ihre Reputation im Westen verlieren. Erst nach der Veranstaltung wäre, wenn überhaupt, eine Flucht nach China möglich. Sunmi hoffte, dass sie in der auf die Rede folgenden Nacht weniger streng beobachtet würden. Es tat ihr leid, Claudia im Unklaren zu lassen. Seit ihrer Kindheit hatte sie sich keinem anderen Menschen so verbunden gefühlt.

Claudias Rede, sagte Kim, werde Familien aus aller Welt zu einer Reise in die DVRK animieren. Insbesondere das Beach-Resort Wonsang-Kalma sei auf Massentourismus ausgelegt, in der Vergangenheit seien nur die sogenannten Backpacker hergekommen.

Kim sprach Englisch mit vereinzelten deutschen Bruchstücken. *Backpacker* war das falsche Wort, wusste Sunmi, Backpacker reisten mit ihren Rucksäcken durch Länder, die über spezielle Hostels verfügten. Oder sie wohnten bei Freunden, die sie im Internet kennengelernt hatten, oder sie schliefen an Stränden. Nichts davon war in Koryŏ möglich.

«Die Individualtouristen, die uns besuchen», berichtigte sie, «erstellen in der Vielzahl nur Fotos für Instagram und reisen wieder ab.»

«Ein Backpacker bin ich auch mal gewesen», sagte Claudia. «Aber klar, Geld bringen sie keins.»

Wie kleine Autos auf einer Brücke fuhren Blicke und Botschaften zwischen Claudia und Sunmi hin und her. Claudias Umsicht erfüllte Sunmi mit Dankbarkeit. Sie sprach nichts Problematisches an. Sie sah aus dem Fenster und würdigte die Schönheit der Berge und Täler. Sogar mimisch hatte sie sich angepasst. Bewegte die Gesichtsmuskeln beim Sprechen nicht mehr, als hätte sie etwas Heißes im Mund. Starrte niemandem in die Augen. Machte nicht, was Touristen taten, wenn sie sprechen wollten: schreien.

Claudia verstand, was Wi und Kim jetzt angenehm war. Ja, sie verstand Menschen intuitiv. Vielleicht hätte sie Sunmi erklären können, was das für Gefühle waren, die so eckig in ihrem Bauch rumorten, und wie man ihnen begegnete, damit sie nicht die Kontrolle übernahmen.

★

Später fuhren sie auf der *Straße Der Heroischen Jugend* zwischen braun besiedelten Talkesseln. Schilfdächer. Braun. Ölbaumdächer. Braun. Vertikale Felder. Braun.

«Die Sehenswürdigkeit der Seidenraupenfarmen könnte in deiner Rede auch Erwähnung finden», sagte Sunmi zu Claudia.

«Aber ja, die Seide hier soll etwas ganz Besonderes sein.»

Dies würde die längste Autofahrt in Sunmis bisherigem Leben. Kaum kannte sie letztlich ihr Land. Sie war dort draußen in dem Braun geboren und hatte dort gelebt, aber damals war es ihr nicht braun vorgekommen. Was sie jetzt sah, sah sie mit den Augen der Menschen aus Pjöngjang. Oder eben, dachte sie, der Touristen.

Bauern, braun.

Hölzerne Bewässerungsanlagen. Braun.

Ochsen, braun.

Steinkohleabbaugebiet. Braun.

Sie kamen am *Verschwundenen Fluss* vorbei. Und am *Staudamm Der Drei Revolutionen.* Sie fuhren auf der *Straße Des Triumphalen Sieges Der Arbeiterklasse.* Eine Kolchose trug den Namen *Zur Sonne Aufschauend.*

«Die Namen sind großartig», fiel Claudia ein. «Auch eine Besonderheit Ihres Kulturkreises.»

Das wärmte die Stimmung an. Wi und Kim hatten von diesem Pluspunkt nie gehört und bestätigten ihn gerne.

Herausfordernd sah Claudia Sunmi an, und Sunmi nahm den Gedanken auf. In Zukunft könne man vielleicht noch offensiver damit werben. In Deutschland, erklärte sie Wi und Frau Kim, würde eine solch hochwertige und fünfspurige Straße beispielsweise nicht

Straße Des Triumphalen Sieges Der Arbeiterklasse heißen, sondern einen ungleich prosaischeren Namen tragen. Nämlich *A 1.*

Das erheiterte Kim und Wi sehr. Ihr Lachen war echt.

Anders als zu Goethes Zeiten fürchte man in der BRD den hohen Ton, machte Claudia sofort weiter. Diese Verzwergungstendenz des Gegenwartsdeutschen sei ihr ein Graus.

Zustimmung von der vorderen Bank – obwohl Kim und Wi natürlich keinerlei Ahnung hatten, dachte Sunmi. Sprachgefühl war etwas Isolierendes, wenn man als Oktopussprachlerin unter Ein- oder allenfalls Anderthalbsprachlern lebte.

Mit einem anderen Beispiel, sagte Claudia, habe Genossin Sunmi sie letztens so zum Lachen gebracht! Und zwar: Das deutsche Wort *Krankenkasse* – als solche eine Errungenschaft nach sozialistischem Vorbild, ein Meilenstein in der Fortentwicklung der Zivilisation! Aber wie klinge es im Deutschen? Als würden Kranke zur Kasse gebeten.

Großes, fachunkundiges Einverständnis auf den vorderen Sitzen.

Claudias große Hände wurden von flackerndem Sonnenlicht bepulst. Die Abstände zwischen den Wohnriegeln einer unbekannten Stadt gaben den Rhythmus vor.

Einfach so, aus dem Schwung des Augenblicks heraus, ergriff Sunmi Claudias Hand. Warum nicht? Was sollten die beiden da vorne schon tun? Trotz und Adrenalin überfluteten sie mit der Macht eines plötzlich einsetzenden Medikaments. Dies hier war ihr Sonderauftrag.

WAS WISSEN SIE über das Straußtier?» Wi hatte sich vor dem Gehege aufgebaut und sah Claudia streng an. Das Händchenhalten der beiden Frauen hatte ihn sichtlich provoziert; er hieb mit einem Stock gegen den Drahtverhau.

Beängstigend schwenkten die Strauße ihre faustgroßen Köpfe. Als Wis Stock erneut gegen das Gatter schlug, trabten sie weg. Staub stieg um sie auf; das Schwanken ihrer Hälse wirkte unkontrolliert, fast wahnhaft. Urdumm, dachte Claudia.

Laut sagte sie: «Über Strauße weiß ich nichts.»

Besonders interessant finde er die Tiere nicht, sagte Wi zur allgemeinen Überraschung. Aber Doktor Aebischer wohl schon?

Claudia versuchte es mit: Sie empfinde die Sehenswürdigkeit als Inspiration. Dies hier sei ein Programmpunkt, ganz im Sinne des *touching tourism,* der langfristig mehr Gäste ins Land bringen könne. Weniger Denkmal, mehr Erlebnis, Genossin Sunmi habe sicherlich recht: Echte Straußenfarmen zu sehen, sei reizvoll, ein Erlebnis, das nur noch durch eine Erfahrung zu toppen sei.

«Wie viele Strauße leben denn hier?»

«KOREASTRAUSSE», sagte Wi.

Er blickte mit leeren Augen über das erdbraune Gelände. Die Riesenvögel hatten sich auf unheimliche Weise am anderen Ende des Geheges zusammengerottet. Ihre gewaltigen Federkleider unter dem silbrig stumpf blendenden Himmel hatten die Farbe von Verwesendem. Ansonsten gab es nur ein paar Hütten zu sehen. Staub. Drahtzäune.

Koreastrauße seien besonders groß, las Wi von einem eingeschweißten Zettel ab. Wie viele es seien, wisse er nicht.

Sunmi, eben noch selbstbewusst, fügte leise hinzu: «Ich denke, sie sind gehaltiges Essen.»

Wis Auftreten schien sie einzuschüchtern. Als habe ihn eine ungute Erkenntnis erfasst, humpelte er den Tieren entgegen.

Er versteht die Lage besser als wir anderen, dachte Claudia. Die grundsätzliche Kläglichkeit. Zwei Menschen, die sich seit Jahr und Tag um Zuversicht bemühen in diesem Land. Eine deutsche Offizielle, die alles hier nur von der Diktatur her denken kann, egal, was man ihr zeigt. Und die Strauße, als wollten sie sagen: Geht zurück zu euren Denkmälern! Was wollt ihr bei uns?

Straußenfleisch sei gutes Fleisch fürs Militär, sagte Wi, mehr zu seinem Zettel als zu irgendwem sonst. Sein Stock zeigte auf ein Sammelsurium von Gegenständen, die man angeblich in den Hinterlassenschaften der allesfressenden Wesen gefunden hatte. Steine. Ein Stück Stoff. Eine Sandale.

Er deutete auf ein Gelege, auf das man sich nun draufstellen möge.

Sunmi stieg mit Wis Hilfe auf eines der großen Eier. Es war das erste Mal, dass ihr Gatte und sie sich vor Claudia berührten. Keiner von beiden sah froh dabei aus. Sunmi balancierte auf einem Straußenei.

«Die EIER sind HART», formulierte Wi und lachte ein freudloses Lachen. Da dieser Programmpunkt den deutschen Gast sichtlich gelangweilt habe, fuhr er fort, wie wäre es mit einem Ritt? Wäre denn das nicht eine *Erfahrung*?

★

Du wirst in einem Arbeitslager geboren. So hatte sich Claudia den *worst case* einmal vorzustellen versucht. Du gehörst zur untersten Kaste, was bedeutet: Man sagt dir nichts. Du weißt nicht mal, dass es ein Außerhalb des Lagers überhaupt gibt. Du lernst nicht sprechen, nur arbeiten. Unter Tage. Du bist ein Mensch, aber du siehst nicht so aus.

Diesem Bild entsprach der Mann, der ihnen im Halbdunkel der Halle gebückt entgegentrat. Seine Augen matt, sein Mund nur eine Falte. Die Arme wie verknöchert. Wahrscheinlich war er Straußenfarmer, aber er sah nach Bedauernswerterem aus.

«WIR WOLLEN», sagte Wi viel zu laut, «DASS SIE REITEN.»

Der Strauß trug ein schwarzes Säckchen auf dem Kopf. Das machte wohl, dass er stillstand. Claudia sollte ihn über ein Treppchen besteigen und weigerte sich. Wi zischelte, sie sei doch angeblich Kyŏksulkämpferin, als einer solchen müsse ihr das wohl gelingen!

Claudia führte ihre Bandscheibenvorfälle an. Sie würde für den Rest ihres Lebens im Rollstuhl sitzen.

«Die Sehenswürdigkeit zeigt echtes Leben», las Wi wieder vor, diesmal aus einer Kladde, die Sunmi ihm gegeben hatte. Irgendjemand müsse das Reiten nun probieren, beschloss er und sah auf. «Durch Ihre Schuld, ich. Durch Ihre Schuld bin ich jene Person, die dieses tut.»

Zum ersten Mal fiel Claudia auf, dass er die Sätze baute wie seine Frau.

Er bedeutete dem Mann, ihm auf das Tier zu helfen. Seiner Gebrechlichkeit wegen wurde es mehr ein Liegen als ein Sitzen. Der Mann zog dem Strauß das Säckchen vom Kopf. Das Tier erwachte aus der Erstarrung. Langsam stakste es vor. Jockelte los.

Wi krallte sich in den Federberg. Der Schuh, der unten an der Prothese hing, fiel herunter. Das Tier trabte im Kreis. Einmal. Dann konnte Wi sich nicht mehr halten. Er rutschte kläglich langsam in den Staub. Der Strauß, der Mitleid zu haben schien, blieb stehen.

Sunmi, Frau Kim und der Landarbeiter trugen Wi zum Auto. Claudia durfte nicht helfen, das spürte sie.

IN DER ACHTEN STUNDE ihrer Fahrt schlief Sunmi, vielleicht, Claudia hatte eher den Eindruck, dass sie nachdenken musste und das nicht konnte, solange sie ansprechbar war. Sie selbst fand trotz Kater und Schlafentzug keine Ruhe, auch nur die Augen zu schließen.

Vorindustrielles Bauernleben zog vor dem Fenster vorbei. In Afrika hatte sie gelernt: Wie arm jemand ist, erkennst du an den Schuhen. Irgendein Bayern- oder Barcelona-Trikot findet sich schon in den Slums. Passende Schuhe aber sind unerschwinglich. Die nordkoreanischen Bauern hier an der Vorzeigestraße trugen festes Schuhwerk. Es gab in Sichtweite dieser Straße keine Baracken, keine Anzeichen von Kriminalität, keine Robocop-Polizisten wie in Peking oder Johannesburg, keine süchtig aussehenden Kinder in Flipflops und keinen Müll.

Claudia suchte nach einem wohlwollenden Satz, mit dem sie Frau Kim und Wi erfreuen könnte. Anstelle von Wohlwollen produzierte ihr Gehirn Sätze, die unter keinen Umständen sagbar waren.

Ein Freiluftmuseum, Frau Kim? Mit Holzeimern. Brunnen. Flaschenzügen. Alles hier vorn an der Vorzeigestraße. Und im Hinterland erblinden eure Leute vor Hunger!

Und du, Wi, weißt nicht, wer deine Frau ist, du hast keine Ahnung, wie reich ihr Leben sein könnte. Hättest du nur einen Hauch von Mitgefühl, müsstest du freiwillig sterben oder uns helfen, sie hier rauszubringen.

Jemandem den Tod zu wünschen, das war ihr vollkommen neu. Was brachte sie überhaupt dazu, sich aufzuspielen? Wi lebte sein Leben vermutlich *geradeaus*. Und es war ja nicht so, dass sie im Leben Wagemutiges und Radikales vollbracht hätte.

Bis jetzt.

★

Als der Wagen geparkt war und sie am Fuße des ersten Paektu-Ausläufers auf die Seilbahn warteten, erzählte Claudia dämmerungsduftbeschwingt von Martha Weh. Die Übermüdung machte, dass sich ihre Stimmbänder mit einer Helium-Leichtigkeit bewegten.

Martha Weh war ihre erste Freundin gewesen. Eine melancholische Person aus Spandau in Westberlin. Wenn sie müde war, erklärte Claudia der erstaunten Frau Kim, habe sie quarkig ausgesehen. «Nein, lehmig. Ja, blass wie Lehm. Wie die Hütten hier.» Sunmi, fügte Claudia zu ihrer eigenen Überraschung hinzu, sei schöner müde. Tapferer. Zum Glück nahm von der Bemerkung niemand Notiz.

Also. Martha Weh, die später in der Psychiatrie gelandet war. Sie hatte Claudia dunkle Briefe geschrieben, und alle Menschen, die Claudia um Rat fragte, gaben ihr dieselbe Antwort: Ach, die meint nicht dich mit ihrer Liebe. Wenn eine sich selbst nicht liebt, kann sie auch andere nicht lieben. Lass die allein gesund werden. Liebe geht nur auf Augenhöhe, sonst ist sie krank.

Aber Martha, erklärte Claudia der erstaunten Frau Kim, hatte sie geliebt. Auch eine schräge und scheiternde Liebe war Liebe, das hatte Claudia insgeheim damals schon gewusst. Es war selbstgerecht und arrogant, nur aussichtsreiche Verbindungen gelten zu lassen. Liebe dürfe, sie müsse vielleicht sogar riskant sein. Sie hätte das gern ausgeführt, aber Sunmi weigerte sich zu übersetzen. Ihr Blick sagte: Wenn das eine Liebeserklärung sein soll, ist das nicht riskant, sondern Irrsinn. Womit sie recht hatte.

Claudia schloss, indem sie auf Englisch behauptete, Psychiatrien seien eine entlarvend westliche Einrichtung, die man hierzulande sicher nicht brauche.

Frau Kim nickte zustimmend. Wi, der von zwei an der Bahnstation bereitstehenden Kadetten in die Gondel gehievt werden musste, sah nicht aus, als nehme er um sich herum noch viel wahr.

Zu zweit in der Kabine – Sunmis Hinterkopf lehnte an Claudias Schulter – kamen sie überein, dass vieles ihrer Kontrolle entzogen bliebe in den nächsten zwei Tagen. Und dass dieser Umstand sie nicht einschüchtern dürfe.

Nebel trennte sie von der vorausruckelnden Gondel. Claudia konnte Wis Anwesenheit dennoch spüren. Er, der eben die Augen kaum hatte offenhalten können, fixierte sie jetzt.

★

Paektu Spa. Hier werde man übernachten, gab Frau Kim an der Zielstation preis. Morgen stehe der Diamantpalast auf dem Programm. Übermorgen dann Claudias Rede, Punkt sechs Uhr abends. Aber jetzt erst mal Ruhe. Das Abendessen werde ihnen in die Hütte gebracht.

Für Wi war ein Rollstuhl herangeschoben worden. Frau Kim half dem alten Mann hinein. Die beiden zogen sich zurück.

Die hölzernen Bungalows hätten zu einer Ferienanlage in Brandenburg gehören können, wären da nicht die eingebrannten Schriftzeichen gewesen, die Ginkgobäume und die heißen Quellen. Sunmi war ans blaugrün sprudelnde Wasser getreten, schwach beleuchtet unter einem nackt klaffenden Nachthimmel.

Ob Claudia nun ein Wort zu ihrer Doktorarbeit sagen könne, fragte sie.

Ja, sagte Claudia. Hier werde es gehen.

Ein stromloser Kühlschrank stand hinter der leeren Bar und bot Ginseng-Schnaps dazu an.

DIE REDE WAR da längst geschrieben, und Sunmi hatte sie auch schon gelesen. Sie beinhaltete Vorwürfe an Japan, Russland und die westliche Welt, die Claudia höchst ungern vorbringen würde. Daher verriet sie ihr nichts, nicht jetzt, in diesem nächtlichen Nest, in diesem finster-schönen Lustpark, der ihnen vom Schicksal hier hingestreut worden war. Eine begehbare Vorstellung, ganz aus Realität –

Um sie herum dampften Geysire. Der warme Schlamm, der die Quellkrater umgab, lebte, wie sie gemeinsam entschieden. Viele Milliarden Quozären lebten darin. Auf Koreanisch: Ijl-hnô. Das dachten sie sich aus, während sie tranken, während sie einfach so, aus Freude am Sprechen, sprachen.

Belebt, beseelt. Gab es nicht Pilzstrukturen, in denen einfache Informationen über halbe Kontinente hinweg kommuniziert wurden? Durchaus. Auf der Ebene der Moleküle ein ständiges Flüstern. Das könnte sie als Metapher in die Rede einbringen, lachte Claudia, Pilzfunk aller Länder! Bald müsse sie sich ans Schreiben machen. Sie nehme an, man werde ihr etwas Vorformuliertes zur Anregung geben. Nicht wahr?

Trotzblau sei der Büstenhalter, der aus Sunmis Bademantel herausschimmere, dichtete Claudia plötzlich. Die

Tür einer Umkleidekabine klappte im Wind auf, wie um auf die leere Außenbar zu zeigen, die absurd lang war, als könnte das Paektu-Spa sich vor Besuchern kaum retten. *Anlage Zur Erholung Der Partisanenkrieger,* übersetzte Sunmi den Schriftzug auf einem hölzernen Rundbogen. Sie hielt die Schnapsflasche in der Hand.

Da saßen sie auf angegrünten Plastikstühlen, warmer Dunst befeuchtete ihre Waden. Das Auge des Mondes sah und entschied nicht, wer man war und sein würde, entschieden sie. Das entscheide Dichterin Sunmi.

Claudia sagte, sie suche noch immer die passenden Worte, aber außergewöhnlich sei Sunmis Werk ganz gewiss. Nicht Wissenschaft, und auch kein Lied. Eher, um es mit Sunmis eigenen Worten zu sagen:

eine wilde Windrose
Wundsein von anderem Planeten
buntwirbelnde Weihe
Haarlicht auf eklektischem Fuße

Falls sie aus einem Gedicht zitieren dürfe, das Sunmi in ihrer Arbeit analysiere. Dieses Gedicht – *Der chinesische Markt* – sei ja nicht von Karoline von Günderrode. Und das habe sie umgeworfen. Dass Sunmi ihr eigenes Gedicht in den Text eingeschmuggelt habe, um es dann wild zu analysieren. Ein zauberhaftes Kuckucksei – Das sei – Das sei einfach – Toll.

Solche Gespräche führten sie – Sunmi halb liegend, mit geschlossenen Lidern, und Claudia heiser: «Dein Text ist eine Tatze, aus der Klingen schnellen.» Aber das klinge nun dumm. Nicht jeder könne alle Worte verwenden.

In Spa-Latschen flatschten sie über tropfsteinhöhligen Fels. Hoben einen erstaunten Ochsenfrosch ans Licht und bezeichneten ihn so. Rochen Salz und Zucker. Spürten die Wärme von unten. Zogen die Latschen aus.

Nie waren Sunmi die eigenen Füße so kostbar vorgekommen wie unter Claudias Blick. Sie wollte vorsichtig auf ihnen gehen. Ja, sie setzte sie mit einer Bewusstheit, von der sie selber Gänsehaut bekam. Dem Schlamm erlaubte sie, zwischen ihren Zehen hindurchzuquatschen, und Claudias Seele wurde mitgezogen, -gequält, -gelustet, und sie spürten es beide, als wären sie eine Person.

Ins mondweiche Wasser stiegen sie, und knöchelhoch fasste es sie ein.

Claudia stellte Fragen. Das trennte wieder.

Ob sie das richtig verstanden habe, dass Sunmi außer Wi keine Familie habe. Und zwar frage sie, weil: Die Familie einer Geflohenen werde ja bis ins dritte Glied –

Das letzte Wort ließ sie weg, aber Sunmi verstand. Jetzt war die Stille so, dass sich Worte eigentlich verboten. Claudias Schultergelenke waren perfekte Kugeln. Das glänzende Mondlicht darauf sah nach dem indirekten Sonnenlicht aus, das es war.

Sunmi stellte einen Fuß auf den Fels, zeigte ihr Knie und ihren Oberschenkel. Nur die Schönsten unter Sunmis Genossinnen im Tourismusbüro hatten Luftballons bekommen. Sie hatte sich nie zu ihnen gezählt. Dafür bekam sie nun keinen Luftballon, sondern eine erfahrene Frau.

Als ihr der Bademantel vom Körper getropft war, blieb Sunmi mit dem Rücken zu Claudia stehen wie der Wanderer über dem Nebelmeer. Wie Galionsfigur oder Siegel, dachte Claudia. Gedrückt in mein Herz.

In einem neuartigen Gefühl von Eigenmächtigkeit fuhr Sunmi herum und wählte eine Quelle. Claudia möge zuerst hinein, zügig bitte schön. Das Panische in deren Blick gefiel ihr.

★

Der *Tremor* des Paektu, wie der Fachbegriff lautete, war spürbar. Der trommelnde Furor im Bauch des Vulkans. Ein Traumbass, der romperte, rundherum sicher umpuckt von Schlaf –

In einer Affenanstrengung streifte der Mond eine Wolke ab, um ihnen zuzusehen.

«Ausgezogen», befahl Sunmi. Und musste Claudia noch eine Fußladung Schlamm an den Bademantel schleudern, um ihrer Forderung Nachdruck zu verleihen.

★

Wie sie dann schwammen und mit ausgebreiteten Armen, den Fels im Rücken, am Beckenrand ausruhten, jede an einer Seite, das geschah synchron. Den Körper unter Wasser auf der in den Stein gehauenen Bank, fühlte sich Sunmi auf physische Weise komplett. Sie spürte den guten Ernst des Molches, der vor ihr schwamm. Ihre Beine schwerelos im Wasser.

Obwohl es nicht stimmte, behauptete Sunmi, sie könne Claudia riechen. «Du solltest schwimmen, um dich zu putzen.»

Claudia schwamm wie ein gutwilliges Rind. Sunmi musste lachen. Den Ginsengschnaps liebte sie inzwischen. Eine scharfe Egalness lag darin. Sie hieß Claudia aus dem Becken steigen. Ihr Rausch, gestand sie, habe die Grenze ins Ätzende durchstoßen. Ins Psychedelische. Nicht wenige Romantiker seien durch den Genuss selbstgebrannten Absinths erblindet, nicht wahr?

Claudia nickte. Der Mond putzte sein Monokel.

Solche Gespräche hatte Sunmi immer führen wollen –

Claudias nasses Haar, sagte Sunmi, zeichne die Umrisse ihres Kopfes nach. Wodurch sie klarer wirke. Sternenklar. Ihr blondes Haar in trockenem Zustand indes drücke Empfindlichkeit aus. Man müsste es dauerhaft nässen.

Und das Sternenlicht bestickte mit ein, zwei Nadelstichen den schwarzen Fels – und Sunmi stand neben Claudia und griff sich mit beiden Händen in den geflochtenen Haarknoten, um ihn zu lösen. Wie aus Versehen reckte sie die Brust und berührte Claudias Arm. Es tat gut, in einer Rolle anzukommen.

«Leg dich auf den Fels.»

Und der Paektu, kaum hatte sich Claudia hingelegt, erhob sich. Wie schwarzes Wasser, so stand und floss und rauschte der Berg. Mindestens fünf spitze Hörner zeigte er an dieser Stelle; weiter im Norden, wusste Sunmi, klebten Muscheln und Seepocken an ihm. In der Mythologie gelte er als Drache, des Nachts erhebe er sich und werde sichtbar im Widerschein des eigenen Feuers. Der Anblick seines Schuppenkleides lasse Menschenkinder erblinden. Seine Schönheit sei einfach zu groß.

«Wohlklingender Quatsch», sagte Claudia. «Aber hübsch. Improvisiert?»

«Ja. Aus Ost und West und von überallher.»

Claudia lag auf dem Bauch. Sie drehte den Kopf nur so

weit, dass ihre Blicke sich nicht trafen. Diese plötzliche Scheu, der Wulst in ihrem Nacken – es stachelte Sunmi an.

«Auf der chinesischen Seite des Paektu», sagte Claudia, «ist letztes Jahr einer beim Selfiemachen gestorben. Du kennst die Geschichte?» Der chinesische Politiker habe es hinbekommen, sich rückwärts – die Selfiestange in Händen – in den Vulkan zu manövrieren. Auf der Suche nach dem interessantesten Pic. «Es stimmt also noch immer: Wer der Schönheit zu nah kommt, den wird sie verschlingen!» So nervös redete Claudia.

«Auch du redest Quatsch», sagte Sunmi. Sie hatte eine Rute gefunden. Dann kniete sie sich hin und schlug auf den großen, weißen, vorgegarten Rücken ein. Es sei eine traditionelle Technik und sehr gesund. Claudia solle schweigen.

Bald zogen sich rote Striemen über das Fleisch, unter dem sich drachenhaft die Wirbelsäule versteckte. Es war eine Wellnessmassage von unzeitgemäßer Härte. Der Wind feuerte sie kalt und heiß an. In Claudias ausgestreckter Tatze steckte die Schnapsflasche. Und Sunmi, nach der Flasche greifend, sah, sie war leer. Egal, wozu jetzt noch trinken?

Sie beging Claudia. Sie betrat sie erst mit einem, dann mit beiden Füßen. Marschierte nackt und nass über ihren nackten, nassen Rücken, dass es knackte. Setzte sich. Wusste, dass sie noch nie so gut gesessen hatte.

Ein fester, warmer Sattel atmete unter ihr.

★

Später, erste Morgensonnenpfützen glühten schon auf dem Vulkan, erwachte Sunmi auf einer Plastikliege. Kim und Claudia stritten. Kim war Sunmi zuvorgekommen und hatte Claudia die vorformulierte Rede in die Hand gedrückt. Claudia, im Bademantel, wirkte fahrig, sie rutschte gefährlich aus ihrer fügsamen Rolle. Das war ein Fehler. Sie schien nicht zu wissen, dass man einer Frau wie Kim nicht widersprach.

DER VORPLATZ DES PALASTS öffnete sich gleich hinter der Seilbahnstation. Schnee bedeckte die Bäume, die das saubere Kiesfeld säumten.

Claudia gab sich Mühe, den Schaden zu begrenzen. Sie nickte und nickte, während Frau Kim ihr die Benimmregeln erklärte. Während der kommenden fünf Stunden werde man schweigen. Überwiegend im Gleichschritt gehen. Möglichst nicht zur Toilette müssen. Ab dort vorne, hinter dem gewaltigen Portal, bitte keinerlei Fragen mehr.

Wi wurde von Frau Kim im Rollstuhl geschoben. Er war eindeutig geschminkt. Claudia konnte den Blick erst von ihm abwenden, als sie sicher war, dass er noch lebte. Sunmi – heute im schwarzen Etuikleid mit Mao-Kragen – ging ihr aus dem Weg. Nichts erinnerte an die Sunmi der vergangenen Nacht. Auch die anderen Gesichter schienen Claudia von etwas Unbekanntem beherrscht. Aber nicht hilfesuchend, nicht zittrig – sie versuchte den Ausdruck nachzuahmen und erahnte etwas wie Einkehr. In einer abstoßenden Variante.

«Kontrollieren Sie Ihre Taschen», sagte Frau Kim erneut. «Kein Gegenstand darf mit hinein.»

Claudia gehorchte – und dachte an die Nacht. Sie schmeckte Wundsüße auf ihren Lippen. Süßroh empfand sie ihren Körper, wie einen aufgekratzten Mückenstich.

Das Tor – bewegt von etwa vierzig bedauernswerten Soldaten, die womöglich tagaus, tagein nichts anderes taten – öffnete sich. Links und rechts klafften Garderobenhallen mit Hunderten goldener Kleiderhaken, an denen nichts hing.

Über die ersten sechs Säle erstrecke sich eine Ausstellung zur nordkoreanischen Technikgeschichte, hatte man ihr gesagt. Die Exponate lagen unter barocken Rundfenstern auf Samtkissen drapiert.

Schrauben.

Lötkolben.

Duschköpfe.

Thermometer.

Computerplatinen.

Bohrmaschinen.

Thermostate.

Hiernach kamen sie durch einen Wald aus künstlichen Bäumen, ein Lehrpfad durch alle vier Jahreszeiten. Nachdem bisher kaum Betrieb geherrscht hatte, tauchten nun, im Gleichschritt, Jungpioniere auf. Vertrautheit wehte Claudia an, als sie die akkurat gefalteten Dreieckstücher an den Hälsen bemerkte. Ähnlich ausstaffiert hatte sie in den 1980ern den Palast der Republik besucht.

Vor ihren Augen lösten sich die Mädchen aus dem Gleichschritt und tänzelten lernbegeistert umher. Oder, erinnerte sich Claudia, stellten Lernbegeisterung nach.

Die Besichtigung der Gemäldegalerien füllte zwei weitere Stunden. Sunmi betrachtete ausdauernd Motive, die Claudia aus den hundert Museen Pjöngjangs bestens bekannt waren.

Herr Kim Jong-il schüttelt Herrn al-Gaddafi die Hand. Baby Doc Duvalier schüttelt Herrn Kim Jong-il die Hand. Herr Kim Jong-il tätschelt den Kopf eines Kindes, während Herr Pol Pot zurückgelehnt lacht. Und so weiter. Und so weiter.

Und so weiter.

Es folgte die Halle, in der ein Nachbau jenes Zuges ausgestellt war, in dem Kim Il-sung durch die Lande gereist und mitten bei der Arbeit gestorben sein sollte – da stand noch sein halb volles Teeglas auf dem Mahagonischreibtisch im Waggon.

Im Anschluss zwei Säle mit kindlich anmutenden Schattenbildern. Zerrspiegeln. Optischen Täuschungen aus Strichen, Punkten und Spiralen. Doktor Wi wurde in seinem Rollstuhl vor gerahmten Mustern geparkt. In den Mustern lagen dreidimensionale Bilder versteckt. Und Wi, Frau Kim und Sunmi schielten, um die Bilder durch diese Blicktechnik aus den Mustern zu befreien, schielten in vollkommenem Ernst.

Claudia war noch einmal, ein allerletztes Mal, gerührt.

Eine Skulptur zeigte drei Raumfahrer Arm in Arm, sie betraten als glückliche Freunde einen neuen Planeten.

Ein Gemälde zeigte den Planeten: utopiesauber und bonbonbunt.

Der Mensch sei gut, die Wissenschaft klasse, die Zukunft ein Bilderbuch, sagte die Diktatur.

Wie assimiliert ich bin, dass ich das rührend finde, dachte Claudia.

Als sie Sunmis Gesicht sah, verflog alle Rührung. Stattdessen kam Wut auf. Dieses blicklose Schauen. Und immer stand sie hinter irgendeiner Skulptur! Claudia sah ihr Haar und ihr Ohr. Claudia sah ihre Nase. Ihren Mund. Was dachte Sunmi? Für welche Idee hatte sie bisher gekämpft? War diese Idee auch einmal in Claudia gewesen?

Sie dachte an das Wort *einst,* einen Raum vor und nach aller Zeit, den sie sich als Kind als utopischen Fluchtpunkt vorgestellt hatte. Das Einst des Friedens auf Erden. An so was hatten ihre Eltern und sie aber nicht geglaubt. Einst war außerhalb des Lebens. Es war ein Jenseits. Es war Disney.

Somnambul ging Sunmi an ihr vorbei. Die Umstände bewegten sie, keine Idee. Claudia ermahnte sich, bei der Sache zu bleiben. Für ihren persönlichen Hass auf das System blieb keine Zeit. Sie überlegte, Frau Kim hier und jetzt zuzuflüstern, dass sie sich natürlich an den vorgegebenen Redetext halten wolle, dass sie nur für einen Moment irritiert gewesen –

Im selben Moment öffnete sich das Tor zu jenem Flügel, in dem ein Nachbau der Geburtshütte des Kim Il-sung zu sehen sein würde. Kein Reden mehr möglich. Bodenschonende Schuhüberzieher wurden gereicht. Eine Maschine pustete ihnen den letzten Straßenstaub von der Kleidung.

★

Kronleuchter und Marmorboden einerseits. Andererseits weiße Wände, so strahlend, als könnte jederzeit das Licht ausgehen und eine 3D-Animation aufscheinen. Die Ästhetik des Raumes war zugleich antik und digital.

Claudia dachte an das Ende von *2001: Odyssee im Weltraum*. Sie dachte an die holographischen Decks auf dem Raumschiff Enterprise. Und an die erste künstliche Welt, mit der sich der Mensch umgeben hat, an Höhlenmalereien.

Die Nachbildung der Geburtshütte am Ende des Raumes schien aus Wachs gefertigt zu sein. Ein simpler Ventilator beseelte die künstlichen Pflanzen. Es war im Grunde eine Krippe, vor der sie sich in einem Abstand von fünfzig Metern verbeugten.

Als Claudia sich aufrichtete, sah sie, wie Sunmis Gesicht zerbrach. Ja, ihr Gesicht zersprang in Scherben, wurde nach innen abgesaugt, zerfiel.

Claudia verstand nicht. Es war ihr auch egal, welche Angst Sunmi die Schönheit vom Gesicht herunterzog wie eine Maske. Es war ihr egal, woher die Panik kam, die das geliebte Gesicht entstellte. Hassenswert waren die Diktatoren, die in irgendeiner Weise der Grund dafür sein mussten. Sunmi wurde am Leben gehindert, am Lieben. Sie zerstörten sie.

Im nächsten Moment wurde Claudia Aebischer gepackt und zu Boden gedrückt.

ALS CLAUDIA AEBISCHER zu sich kam, saß sie in einem fensterlosen Raum. Sie erinnerte sich an eine weitere Seilbahnfahrt, an das Braun eines Militärjeeps und daran, dass sie sich übergeben hatte. Vor ihr stand ein irrational großer Schreibtisch. Der Mann dahinter starrte in sein Mobiltelefon, während er auf Koreanisch mit einer Dolmetscherin sprach, die am Rand von Claudias Blickfeld erschienen war.

Das Projekt Deutsche Bibliothek sei beendet, erfuhr sie. Daran trage sie, Doktor Aebischer, keine Schuld. Doch für das Vergehen der Volksverhöhnung, dessen sie sich schuldig gemacht habe, werde man sie zur Verantwortung ziehen.

Zur Last gelegt wurde ihr, dass sie ein christliches Kreuz nicht nur durch den Palast getragen, sondern sich damit auch noch vor der Geburtshütte Kim Il-sungs verbeugt hatte. Es habe aus der Brusttasche ihres Hosenanzuges herausgeschaut wie eine Fahne.

Er hielt ihr einen Totenzettel in einer Klarsichthülle vor die Nase, ein Klappzettel, wie sie bei Beerdigungen verteilt werden, darauf ein Kreuz, darunter Name und Porträt einer ihr unbekannten Frau.

Die Angst machte sie wach. Eine Stimme aus der Erinnerung riet ihr: Sag nicht, dass Frau Kim dir den Zettel untergeschoben haben muss. Bei solchen Verhören geht es nicht um Fakten, es geht um eine Absicht. Finde heraus, welche das ist.

Der Anzug sei aus zweiter Hand, sagte sie. Der Zettel müsse schon drin gewesen sein, als sie ihn gekauft hatte. Sie bedaure das sehr. Man kenne ihre Vita, sie sei nicht religiös.

Unbewegt spielte der Militär ein Handyspiel, das war inzwischen deutlich. Er daddelte auf seinem veralteten Handyknochen und atmete hin und wieder missmutig aus.

Frage und Antwort wiederholten sich fast eine Stunde lang. Sie solle das Buch von Kim Jong-il, neben der Pritsche dort, lesen, riet er ihr zwischendurch. Genosse Kim Jong-il werde sie auf den Weg der Wahrhaftigkeit geleiten.

«Sie haben in der Vergangenheit bereits mit Christen zusammengearbeitet», sagte die Dolmetscherin. «Mit zwei Hilfsorganisationen. Genossin Sunmi hat uns darüber informiert.»

Unsinn in doppelter Hinsicht, wusste Claudia. Die Arbeit des Verbandes war nicht konfessionell gebunden. Sie hatte mit vielen zusammengearbeitet. Und keineswegs brauchte Sunmi ins Spiel gebracht werden; den Behörden lagen längst alle verfügbaren Informationen zu ihrer Person vor. Man wollte sie entmutigen durch die Erwähnung der Freundin. Sie war erleichtert, das zu verstehen. Ein argloser Traveller könnte tatsächlich glauben, er werde für einen christlichen Sektierer gehalten.

«Ich hoffe, das Auswärtige Amt zahlt eine Entschädigung für den Abbruch des Projekts», sagte sie langsam.

«Es war ja abzusehen, von deutscher Seite aus, leider, entgegen meiner persönlichen Meinung ...»

Daraufhin ließ man sie kommentarlos allein.

Nach Stunden des Nachdenkens über Sunmis Verbleib – sie lebt, anders kann es nicht sein, so grundlos und schnell bringen sie eine begabte Dolmetscherin nicht um – sank sie auf der Pritsche in den Schlaf.

Umgehend wurde sie geweckt. Das Gespräch gehe weiter. Und dann tat es das nicht, und der Vorgang wiederholte sich.

Sie wollten sie zur Selbstbezichtigung erpressen, wurde ihr klar. Was man von ihr erwartete, war die gute alte Praxis der Selbstkritik. Reue. Umkehr. Unterwerfung. Ihre Bereitschaft zur Wiedergutmachung würde sich nutzen lassen.

Unter dem Namen Kim Jong-il waren ihres Wissens Hunderte Bücher veröffentlicht worden, aus wessen Feder auch immer. Sie hatte sich durch etwa fünfzig Seiten eines Bandes, den man ihr bei ihrem ersten Besuch geschenkt hatte, gequält. Der Ton erinnerte sie an die Suchmaschinenoptimierungstexte, die sie früher zum Gelderwerb geschrieben hatte. So ein Text sprach nicht zum Menschen. Wie auch, auf Hunderttausenden von Seiten? Ganze Legionen mussten daran gearbeitet haben. Der Stil war redundant, technokratisch, verschachtelt, hypnotisch leer. Und penibel korrekt übersetzt.

Der vorliegende Band hieß: *Über die Entwicklung des Dogmatismus und des Formalismus im Chuch'e sowie über die Herstellung des Chuch'e in der ideologischen Arbeit zur Entwicklung des koreanischen Volkes im Hinblick auf die sozialistische Gesinnung des stolzen koreanischen Volkes.*

Sie fand Stift und Papier in ihren Sachen. Notierte sich Absätze, sowohl aus dem Buch als auch aus dem Skript ihrer Rede, verfasst von Frau Kim. Schlug mit der Faust gegen die Tür. Sie habe einen Vorschlag zu machen. Ihr sei gerade aufgefallen: Das Skript entspreche genau dem, was sie habe sagen wollen, sie wolle es wortgetreu vortragen, ergänzt um einige Zitate Kim Il-sungs. Sie könnte heulen vor Verzweiflung, irrtümlich etwas anderes angedeutet zu haben.

Sie heulte wirklich. Kälte, Hitze, Schlaflosigkeit, Bandscheibenvorfallschmerz, Erschöpfung, die Erinnerung an die Nacht und an Sunmi, für deren Zukunft sie mitverantwortlich war.

Stunden später saß ein kleiner, graugesichtiger Rollstuhlfahrer in der Tür. Hinter ihm wurde es Tag. Der Greis war schief eingepackt in eine cremegelbe Paradeuniform. Die Stange der Prothese zeichnete sich unter der Bügelfaltenhose ab, als ein Lufthauch ging.

Da erst erkannte sie Wi. Innerhalb von Stunden hatte er abgebaut, als seien Tage oder Wochen vergangen. Nur in seinem Blick lebte noch das unbekannte Wollen, das ihn, so sah es für einen Moment aus, vom Sterben abhielt.

Sie möge die Rede bearbeiten, sagte Wi.

Die Dolmetscherin trug einen Laptop und einen Drucker herein. Claudia liefen die Tränen herunter vor Erleichterung. Sie wurde noch gebraucht. Und würde Sunmi nicht umso freier sein zu fliehen, je näher Wi dem Tod kam?

Sie müsse das Skript als Grundlage nehmen, dürfe es aber abändern, übersetzte die Dolmetscherin, in einem verbindlichen Ton, als sei Claudia eine aus reinem Idealismus handelnde Konvertitin.

Wenn sie die Rede erwartungsgemäß halte, würdige man ihren Idealismus, übersetzte die Dolmetscherin, und sehe natürlich auch über das Missverständnis hinweg. Viel Reisewerbung solle enthalten sein und eine Entwarnung bezüglich des Vulkans. Doktor Wi hoffe, übersetzte sie das Flüstern des Greises, er werde es nicht bereuen, sich für sie eingesetzt zu haben. Sunmi, seine liebe Frau, hoffe das auch.

AM FUSSE DES PAEKTU standen große runde Fansas, die für die Mitglieder des Zentralkomitees, das Zentralfernsehen, für Vulkanologen, Presse und Soldaten errichtet worden waren. Sie entsprachen nicht der traditionellen Bauweise, wie Wi gleich nach ihrer Ankunft Sunmi gegenüber anmerkte. Diese Fansas seien nicht aus Bambus gesteckt. Dafür verfügten sie über fließend Wasser und Fernsehen. Annehmlichkeiten für Touristen, die es künftig an Orten wie diesem zu beherbergen galt.

Wi hatte die Tür hinter sich geschlossen und sich mit erstaunlicher Energie aus dem Rollstuhl erhoben. Sunmi rechnete schon damit, dass er weiter ausholen, vielleicht sogar erzählen würde von der Zeit, als seine Eltern und er in einer echten Fansa gewohnt und sich von Libellen und Fröschen ernährt hatten. In den vergangenen Tagen, so kam es ihr vor, hatte sie seine Stimme öfter gehört als in all den finsteren Jahren ihrer Ehe: eine überdrehte und brüchige Stimme zwar, aber noch immer lebendig.

Es folgte jedoch nichts. Zum ersten Mal in seinem Leben war Wi auf ein westliches Boxspringbett gesackt und umgehend eingeschlafen.

Als Sunmi hinauswollte, um sich nach Claudia zu erkundigen, versperrte ihr ein Wachsoldat die Tür. Ob eine Deutsche eine Rede halten werde, sei ihm nicht bekannt, sagte er freundlich. Tatsächlich wisse er nur: Sunmi dürfe nicht hinaus.

Sunmi blieb nichts anderes übrig, als passiv dazusitzen. Die Doktorarbeit war zurück in ihren Besitz gewandert, aber sie wagte nicht hineinzusehen, sie war schon aufgewühlt genug. Und Claudia hatte ja bestätigt, was diese Mappe enthielt. Talent, Potenzial. Eine Zukunft in Deutschland?

Hätte Claudia der Kim nicht widersprochen, säßen sie gemeinsam hier und könnten planen.

★

Der Wachsoldat sah hin und wieder durch das Fenster. Er mochte siebzehn, achtzehn sein. Das Alter, in dem Sunmis Schwesterchen heute wäre. In Berlin konnten zwei Frauen als zwei Mütter ein Kind großziehen. Sunmi wusste das nicht erst seit der Lektüre des Gegenwartsromans. Sie wusste es nicht erst, seit sie Claudia kannte, aber erst seit sie Claudia kannte, stellte sie es sich vor. Unter solchen Umständen: ein Kind.

★

Wi schlief in einer neuen gelben Paradeuniform. Von sich aus hätte er sie nie getragen. Zu modern. Als Mann der Kim-Il-sung-Ära verweigerte er sich der herrschenden Mode. Die Genossen draußen hinter dem Fenster trugen jetzt Bürsten statt Scheitel. Randlose Brillen. Sunmi hatte vorhin sogar ein südkoreanisches Slangwort vernommen, aus dem Munde eines Generals.

Offenbar hatte das Zentralkomitee entschieden, Wi neu einzukleiden. Aber was hieß das? Hieß das, sie fuhren morgen doch auf den Vulkan?

★

Vom Fenster aus versuchte Sunmi, die Bewegungen der Soldaten zu deuten. Ihre Taschenlampen warfen goldene Lichtstreifen durch die Nacht. Jeeps standen großräumig um die Fansas herum. Die große Rampe zur Seilbahn, die sie zuletzt als Kind gesehen hatte, wurde gerade für das Zentralfernsehen geschmückt. *Lichtdesign* war wohl das Ziel. Sunmi hatte einmal einen erfolgreichen deutschen Beleuchtungskünstler durch Pjöngjang begleitet und sich erstaunliche Fotos zeigen lassen: funkelndes Frankfurt, glitzerndes New York. Was sie hier sah, waren bunte Lichterketten über rostigem Gestänge. Dennoch berührte sie der Anblick der blutjungen Gesichter im bunten Licht der schlichten Farbglühbirnen. So vertraut in ihrer Beflissenheit.

Emotionen, Emotionen, Emotionen, registrierte sie. In dieser Intensität nicht zu ertragen.

★

Der nach China führende Fußweg mochte von hier aus nicht viel mehr als eine Stunde entfernt sein. Eine halbe Stunde Seilbahn, eine halbe Stunde zu Fuß, am dreigeteilten Wasserfall vorbei. Von dort oben bereits würde Sunmi Dandong wiedersehen, den Hafen und den chinesischen Markt, auf dem sie zuletzt vor beinahe zwanzig

Jahren gewesen war. Diesen Weg zu schaffen, war realistisch.

Der Soldat wollte kein Milchbrot und keinen Tee. Auch er rührte Sunmi, wie er seinen Dienst tat. Er werde die Tür keine Sekunde aus den Augen lassen, sagte er.

★

Zu Sunmis Überraschung sprach Wi sich zu Claudias Gunsten aus, als er das Bewusstsein wiedererlangt hatte.

Eine Rede sei besser als keine Rede! Morgen Abend müsse man mit der Riesin zum Himmelssee fahren, ob sie frei spreche oder nicht. Dies wolle er dem Kommando unter Aufbietung seiner Reputation unterbreiten.

Er bat um seine Prothese. Und sackte im nächsten Moment zusammen. Wollte zur Toilette. Schaffte es nicht.

Sunmi kochte Tee und stellt ihm eine Tasse auf den niedrigen Tisch, schob ihm die Aufputschmittel, die ihm auf Geheiß des Zentralkomitees zugeteilt worden waren, zwischen die Lippen. Dunkelgraue Flecken zeigten sich auf seinen Armen und in seinem Nacken. In Deutschland gäbe es wahrscheinlich Mittel, dergleichen zu heilen, dachte Sunmi, hier aber nicht. Was bedeutete das?

Die Riesin müsse morgen am Himmelssee vor dem Mikrofon stehen und zur Welt die Wahrheit sprechen, wiederholte Wi. Und fügte hinzu: Danach sei Sunmi frei. Danach möge passieren, was wolle.

Ihre Blicke hatten sich getroffen. Was praktisch nie vorkam. Ein echter, wenn auch nur angedeuteter Kontakt zwischen ihnen beiden. Unterstützte er ihren

Fluchtplan? Als eine Wiedergutmachung für ihren Dienst an ihm und an ihrem Volk?

Er verließ die Fansa. Es war müßig zu spekulieren, und doch konnte sie nicht anders. Erschrocken stellte Sunmi fest, dass sie von Emotionen überwältigt wurde, dass sie zitterte und hoffte und träumte, ein Zustand, den sie immer abgelehnt hatte. Dazu kam die überreizte Libido, das Chaos, das den Menschen plagt, der Unerhörtes will, dachte sie.

Die Lebenslust.

ALS CLAUDIA AM NACHMITTAG aus dem mobilen militärischen Duschcontainer trat, sah sie Sunmi und Frau Kim in die Seilbahngondel steigen. Beide trugen sie puppenhafte Kleider, und Sunmi drehte den Kopf auf eine Weise, wie Claudia es nie an ihr gesehen hatte: westlich. Ja, Sunmi nickte ihr langsam und deutlich zu.

«Kommen Sie», befahl die Dolmetscherin, und Claudia folgte ihr mit wild schlagendem Herzen, wobei sie die Gondel nicht aus den Augen ließ, die wie ein Teil eines rostigen Fahrgeschäftes den Berg hinaufruckte.

Wi saß in einer gut ausgestatteten Feldküche unter einem olivgrünen Sonnensegel. Ein großer Topf Suppe simmerte auf einem Gaskocher. Süßscharf breitete der Dampf sich aus. Die Dolmetscherin kniete neben Wi, und als sie aufstand und sprach, waren es ihre Worte und würden nur mehr ihre Worte sein; er war eingeschlafen.

Zur Suppe wolle sie, auch im Namen des Generals Wi, sagte sie, Folgendes sagen: Der General habe die traditionelle Suppe selbst gekocht. Claudia sehe das – seine Finger glänzten ja noch vom Fett. Es sei vor allem Heilbutt darin. Der gebe Kraft zum Bergbesteigen. Außerdem sonnengetrocknete Chilischoten, die man fein im Mörser zerstoße. Zwiebeln. Die man in Palmzucker glasiere. Eine Paste aus Pfeffer, Zimt und Zitrone. Und fermentierter Kohl, der bitter schmecke und leicht schokoladig.

Nach alldem roch es tatsächlich, sinnenbeschmatzend, universalsalzgesüßt, hätte Sunmi vielleicht gedichtet; und in der Tat stand vor Wi ein klobiger nordkoreanischer Laptop, und auf dessen Bildschirm war das Rezept mitsamt Foto zu sehen. Das nordkoreanische Intranet verfüge über mehr als zwei Dutzend Kochseiten, sagte die Dolmetscherin. Auch Männer hätten in diesem Land das Kochen entdeckt. Wenn Claudia wolle, könne sie auch das in ihrer Rede erwähnen. Das Manuskript zu derselben habe dem Doktor Wi im Übrigen gefallen. Bis eben habe er gelesen, er halte die Papiere ja noch in der Hand.

Was die Suppe betraf, glaubte sie der Dolmetscherin, zu ihrem eigenen Erstaunen. Nicht, dass Wi sie selbst gekocht hatte, aber dass so sein letzter Befehl gelautet hatte: eine traditionelle Bergsuppe für die Deutsche! Irgendwie passte es zu diesem rätselhaften Rest von einem Menschen.

Claudia Aebischer setzte sich und aß die belebendste Suppe ihres Lebens. Die Flügel oder Häute im roten Sud entpuppten sich als süßscharfer Kohl. Aus der Brusttasche des Schlafenden ragte ihr Pass heraus. Sie verstand es als Aufforderung, ihn sich zu nehmen. Niemand sah her. Als sie den alten Mann berührte, öffneten sich seine Augen. Ihr Herz schlug so hart, dass sie fast vom Stuhl rutschte. Der Pass. In ihrer Hand. Sie schwor sich, ihn nie mehr abzugeben.

«... Glück», sagte er. «Viel Glück.» Dann fielen ihm die Augen zu.

FRAU KIM WAR die Schauspielerin Kim Yo-jong. Nun, im glockigen Kleid des Volkes, das auch Sunmi tragen musste, war es nicht zu übersehen. Ihr Misstrauen hatte sie in die Irre geführt.

Mit ihnen in der Gondel saß der junge Wachsoldat. Der Jüngling, dieser arglose Bengel, plauderte vor sich hin. Was für eine Ehre es sei, der schönste Tag seines bisherigen Lebens – und Sunmi war angefasst vom Glanz der sinkenden Sonne in seinen jungen Augen. Seine Sprachmelodie klang frei, sprudelnd, nach einem Dialekt von hier. Gleich würde eine Veranstaltung beginnen, die für das Volk bedeutsam war, und er freute sich. Ganz schlicht.

Oben angekommen, wandte Kim sich den Männern vom Zentralkomitee zu, Sunmi sah sich um, der junge Soldat wich ihr nicht von der Seite. Er durfte zwar nicht das Ausland, aber das Inland von hier oben betrachten, wusste sie. Also schickte sie ihn ein Fernglas holen. Sie betrachteten den Paektu, der sich über Korea, Russland, die Mandschurei und China erhob, in alle Richtungen hin betrachteten sie ihn.

Sunmi fragte den jungen Soldaten, ob er eine Dichterin kenne.

Er sagte, nein, leider nicht mit Namen. Die Beschäftigung mit der Dichtkunst werde er eines Tages nachholen. Er wisse, das sei wichtig!

Und da nichts passierte, eine halbe Stunde lang, in der sie nur standen und standen und standen und auf den See sahen, der gar nicht so erstaunlich war, fragte sie ihn, ob er ihr glauben würde, wenn sie ihm sagte, dass sie eine sei.

Er beeilte sich, es zu bejahen. Er stelle sich vor, dass eines Tages, wenn alles gut sei, alle dichten würden. Natürlich auch Frauen in der heutigen Zeit, und weil sie ja von der Zukunft sprächen, erst recht! Ihrer Schönheit wegen auch Frauen. Ihrer modernen Schönheit wegen sei etwa die Schauspielerin Kim Yo-jong wenn nicht eine Dichterin, dann Dichtung! Oder ob das vermessen gesprochen sei?

Ein kluger, ungebildeter Bengel.

Endlich sprang die Bühnenbeleuchtung an. Es waren rote Banner im Rahmen angebracht worden, darauf standen in weißer Schrift zum Milden und Harmlosen hin übersetzte Parolen. Auf Englisch. Sunmi sah das zum ersten Mal. Ein großer Aufwand war betrieben worden für die etwa zwanzig Menschen, die nun auf eng beieinanderstehenden Holzstühlen vor der kleinen Bühne Platz nahmen.

Endlich schaffte sie es, den Jüngling loszuwerden. Von Volksdichterinnen hatte er gesprochen, natürlich. Nicht von ihr.

Eine nach der anderen wurden nun Fackeln um den See herum entzündet. Es waren die gleichen, die man im Gemeinschaftshaus ihres Heimatortes verwendet hatte, mit einer bestimmten Substanz bestrichen, die sie sofort erkannte, ohne sich zu erinnern, wie sie hieß und was es war. Minimal fischig, der Geruch, und etwas süß.

Sunmi kniete sie sich am Ufer hin, benetzte ihre Finger mit Wasser und gab ihrer vor langer Zeit verstorbenen Schwester einen Namen. Wie lange hatte sie das aufgeschoben. Immer hatte sie sich gefragt, was es dafür brauche – aber es brauchte kein Ritual. Sie konnte ihrer Schwester einfach in Gedanken einen Namen geben. Plötzlich sah sie sich dazu in der Lage. Zum Abschluss einer Reise. Bevor eine neue begann.

Gerne hätte Sunmi ihrem Schwesterchen einen Ort wie diesen gezeigt. Wenn sie schon nicht richtig hatte leben dürfen, dann wäre dies das Mindeste gewesen: ein einzelner schöner Tag, ob in einem Palast, in Pjöngjang, im Gemeinschaftshaus oder eben hier am Himmelssee – Orte, an denen die Fackeln brannten, waren in ihrem Leben immer gute Orte gewesen.

IN DER SEILBAHNGONDEL auf dem Weg zum Himmelssee verstarb General Doktor Wi Tae-ho. Die Dolmetscherin hatte ihm, Claudia und den mitfahrenden Offizieren Namensschildchen angesteckt. Namen, vor allem Vornamen wurden kaum benutzt in diesem Land, aber man wollte den Westlern heute ein gutes Gefühl geben und kam ihrer Namensfixiertheit entgegen. Die Offiziere hatten sich sehr über die Schildchen amüsiert. Eine eher launige Fahrt. Rauch stieg aus einer unsichtbaren Siedlung am Hang. Blut- und brombeerroter Dunst kam aus den Talkesseln herauf. Und plötzlich hatte einer der launigen Offiziere Wis Hand genommen und keinen Puls mehr gefunden.

Gelassener Ernst lag in den Gesichtern der Männer, als sie ihn ansprachen, noch einmal prüften, noch einmal nach seinem Atem lauschten. Der Mensch war tot.

«Ende einer Fahrt.» So drückte die Dolmetscherin es einige Minuten später aus. Sein Dienst sei getan, sein Leid vorbei – und ruppig nahm sie, als habe er es sich unrechtmäßig angeeignet, dem Toten das Schildchen von der Brust.

Oben luden Soldaten ihn auf eine Trage. Die Sonne ging unter. Ohne viel Aufhebens wurde die Leiche außer Sichtweite gebracht.

★

Ein felsumrandetes Plateau von Fußballplatzgröße eröffnete sich vor Claudia. Der berühmte Himmelssee aber entpuppte sich als ölig grünes, von Fackeln umstandenes Oval. Von der rot beleuchteten Bühne her kam bereits ein Funktionär auf sie zu, um sie zu holen, als sie Sunmi entdeckte. In Mary-Poppins-Aufmachung kniete sie am Ufer und sah ins Wasser. Sie trug Absatzschuhe. Claudia fragte sich, ob sie es in denen nach China schaffen konnte. Sie wartete auf Blickkontakt, auf irgendeine Möglichkeit, ihr ein Zeichen zu geben. Aber Sunmi wurde gerufen. Stand auf, ging zu ihrem toten Gatten, der inzwischen mit einem Tuch – einer Fahne? – bedeckt war. Sie lüpfte den Stoff, starrte den Toten an. Ging wieder zurück zum Wasser. Suchte zu keinem Zeitpunkt nach Claudia.

Der ausgestreckte Arm des Funktionärs zwang Claudia zur Bühne. Sie gehorchte, sie wollte diese Rede wie verabredet halten. In gewisser Weise begann Sunmis Flucht mit dieser Rede. Die verlogenste Ansprache in Claudias Laufbahn würde zugleich die sinnvollste, vielleicht die erste wichtige Rede ihres Lebens darstellen.

Mit weichen Beinen erklomm sie die Stufen. Klopfte das Skript auf dem Pult zusammen. Und begann.

DICHTUNG: SICH IN etwas hineinversetzen, das den eigenen Rahmen sprengt. Dichtung: An einem Vulkan auf eng beieinanderstehenden Holzstühlen zusammenkommen und im Anderen das Fremde gelten lassen, als das Unverständliche. Trotzdem dichten.

Ich fange an.

Du sitzt in Pjöngjang in der U-Bahn, deinem Gatten gegenüber. Es ist ein normaler Tag, lange bevor wir uns kennen. Kürzlich wurde deinem Gatten eine neue Krücke zugewiesen, ein chinesisches Fabrikat mit Reflektor, und er dreht sie hin und her, um das gelbliche Licht der Bahnstation einzufangen; irisierendes Blitzeln arbeitet in den bürokratiegrünen Gesichtern der nordkoreanischen Nahverkehrsteilnehmer.

Ist das Bürokratische nicht eine von vielen Gemeinsamkeiten zwischen unseren Nationen? Bier. Klee. Eiche. Teilung. Briefmarkensammeln. Und mir fällt auch ein: Eure Bahnwaggons stammen aus Berlin. Waggontyp *Emma*. Darüber redet ihr im Augenblick. Dein Gatte sitzt auf einem gepolsterten Kunstledersitz, der Veteranen vorbehalten ist. Selbige habe es in Berlin nicht gegeben, hört er und denkt darüber nach.

Als ein weinender Jungpionier einsteigt, stemmt er sich hoch, um den Platz freizugeben. Die Mutter des

Jungen bedankt sich, und der Junge, wie Kinder so sind, sitzt jetzt bestens und weint dennoch weiter.

Dein Mann, der gibt nicht auf. Er will ihn aufmuntern! Witzelt über seine neue Krücke. Er führt pumpend die Federung vor und sagt: Made in China, das sehe man ja! Er wollte doch nur Unterstützung beim Gehen! Aber mit dieser übertriebenen Federung hüpfe er durch den Park. Er treibe sozusagen Sport, ohne es zu wollen!

(Und das erzählst du mir, weil es so untypisch ist für deinen Gatten? Oder denke ich es mir aus? Ich kann es gar nicht sagen.)

Der Jungpionier jedenfalls lächelt! Und dein Gatte versucht, mit der Mutter zu flirten. Sie wendet sich vorsichtig ab; sie dreht sich von seinem Reden weg, dreht sich fast ganz um die eigene Achse, nur ihre Handtasche nicht. Die sitzt ihr schief auf dem Bauch.

Jetzt doch wieder unangenehm, denkst du, mein Gatte.

Um den Jungen bei Laune zu halten, beugst du dich vor. Du erklärst ihm geheimnisvoll-leise, was das für Kratzer in den Scheiben der U-Bahn sind. Die Jugendlichen in Deutschland kratzten mit Steinen Buchstaben ins Glas. Diese Kratzungen nenne man in Deutschland *tags* oder *scratches*, weil man in Deutschland viel Englisch spreche, vor allem die jungen Leute.

Der Junge fährt mit dem Zeigefinger über die Kratzer. Er spürt die Riffelung der Mikrolandschaft, könnte man sagen. Er spürt die Riffelungen einer versteckten Utopie. Ja, er ist gedanklich in einem phantastischen Berlin. Stellt sich eine fröhliche Bande mit Kieselsteinen in den Händen vor. Vielleicht sieht er urbane Drachenwesen mit Krallen?

Dein Gatte hat die Mutter inzwischen am Handgelenk gepackt, aber er flirtet nicht! Er gratuliert ihr zu ihrem Sohn. Der wirke wohlgeraten. Auch er werde Kim Ilsung eines Tages einen solchen Ingenieur oder Soldaten schenken. Er habe Vertrauen in seine Frau, auch wenn sie nicht die gebärfreudigste sei.

Betretenes Schweigen. Hinter einer *Pjöngjang Times* taucht ein Augenpaar auf und verschwindet wieder. Die Mutter reibt sich den schmerzenden Unterarm.

Dass die Bahnwaggons deutsch seien, habe sie auch gehört, wechselt sie das Thema. Zuerst habe sie angenommen, es müssten russische sein, aber dort an der Wand stehe der Gegenbeweis, ihr Vater sei in Dresden ausgebildet worden, deshalb wisse sie: *Nothammer* stehe da, ein deutsches Wort. Aber auch schon das Vorhandensein eines solchen Nothammers erscheine ihr absolut nicht russisch. Und auch nicht sozialistisch, denn sei ein Nothammer nicht eine Art Luxus und fast dekadent?

Betretenes Schweigen. Wie es eben so kommt, wenn Fremde in einer U-Bahn aneinander vorbeireden.

Ende einer Fahrt. Denn an der Station *Glorreiche Wiederauferstehung* steigen dein Mann und du wie immer aus. Die Stufen nach oben: steil. Das Pjöngjanger U-Bahn-System ist eines der tiefsten der Welt, und das kommt wiederum daher, dass es im Notfall als Atombunker dienen soll (aber das ist eine touristische Bemerkung, die von dir niemals käme).

Über ein Kartoffelfeld geht ihr nach Hause. Euer Wohnturm wird von den Bewohnern *Lotrechtes rostiges Schiff* genannt, denn so sieht er aus. Nur dein Mann findet die Bezeichnung für ein Gebäude der Hauptstadt unangebracht. Ihr kommt an einem großen Teich vorbei, über den massenhaft Libellen sausen, und die Kinder eures Wohnturmes machen sich einen Spaß daraus, sie mit ihren Tischtennisschlägern wegzuschmettern.

Chinesische Tischtennisschläger, wahrscheinlich, muffelt dein Mann und bleibt stehen. Die Kinder von heute würden mit Wohlstand und Fremddingen überschüttet. Die hätten nur noch ihre aggressiven Vergnügungen im Kopf. Da müsse man Gegenanreize schaffen.

Seht mal her, ihr Küken! – ruft dein damals noch recht lebendiger Gatte. Aus einer Weidenrute und einem dünnen Ast baut er einen Libellenköcher. Einen solchen habe er in seiner Kindheit benutzt. Geschickt angelt er mit dem Köcher Spinnweben von einer Laterne. Die Spinnweben bilden das Netz. Er überreicht einem der Jungen das Teil.

Probiert es selbst! Die Köpfe müsst ihr dann mit dem Daumen abknicken, die sind bitter. Ihr Küken!

Weil Kinder so sind, interessiert der Alte sie nur insofern, als er ihnen Stoff liefert, um hinterher heimlich Witze zu machen. Und das bekommt er damals sogar noch mit! Es hält ihn nicht davon ab, die Kinder weiterhin als Kinder der einen großen Gemeinschaft, der er angehört, zu empfinden.

Den Abend verbringt ihr wie immer in eurer Wohnung. Du kochst. Ihr esst. Dann sitzt er vor dem Fernseher, und du liest auf deiner Matratze in der Küche von einem Himmelsphänomen, das es in Island geben soll: *Wetterleuchten.*

Kommst du auf dem Weg zur Toilette an deinem Gatten vorbei, hat er weiter über die Kinder draußen nachgedacht und sagt: Dieser eine Junge, in den setze er Hoffnung, der sei gescheit. Oder: Ob dir die Familie aus dem Erdgeschoss aufgefallen sei und wie prächtig deren Junge sich mache? Oder: Die Tochter sei zwar im Treppenhaus frech, habe sich aber für die Massengymnastik bei den Airang-Festspielen qualifiziert, im Schleuderbrettspringen – ob du das nicht auch mal trainiert hättest? Er wolle ihr morgen eine Flasche Fruchtsaft schenken und gratulieren.

Das ist die gute Seite des Wi.

Einmal hat er dir einen Besuch am Gelben Meer ermöglicht, wo Lippenfische vorkommen, und dich dabei erwischt, wie du weintest.

Zwei- oder dreimal habt ihr in euren vielen gemeinsamen Jahren zusammen gelacht, ja, doch. Aber wie viel näher, frage ich dich, sind wir uns gewesen? Wie viel öfter haben wir in unserer kurzen Zeit zusammen gelacht? Weißt du noch: Walküre? Pilzfunk?

Du hockst am Ufer; du stehst auf, schaust dir deinen toten Gatten an. Gehst zurück zum Ufer wie in Trance. Was siehst du und suchst du im Wasser?

Ich weiß: Dass du als Grundschuldkind Nummer 31 von einer Lehrerin namens *Lehrerin* im Gemeinschaftshaus deines Heimatdorfes Tee in deinen Kinderbecher eingeschenkt bekamst – das scheint eine wichtige Erinnerung zu sein und ein wichtiger Ort.

Ich verstehe: Die Erinnerung an die Wärme der Fackeln in diesem Gemeinschaftshaus und an das Wischen der Flammen, wenn ein Luftzug ging. An Ruhetagen gab es stundenlange Gespräche, bei denen immer nur einer redete, und dies in maßvoller Länge.

Die Fackeln am See sind heruntergebrannt. Sie tropfen schneller, werden dunkler und wieder heller. Je länger du ins Wasser siehst und nachdenkst, desto wichtiger wird dieses wechselnde Licht. Auch eine der Gruften im Mausoleum, weiß ich, wird von Fackeln erhellt. (Bei dem duftenden Leuchtmittel handelt es sich um Hundsrobbentran, lese ich nach.) Und ich höre von dir: Der Anblick des aufgebahrten Kim Il-sung habe dich stets mit Sanftmut erfüllt. Sein Gesicht erinnere dich an das Opagesicht deines Vaters. Auch später noch habest du immer Erbauung gefunden bei der Betrachtung des Kim Il-sung.

Dass du gerade an diesem für uns befremdlichsten Ort, dem Mausoleum, mit dir im Reinen sein konntest – ich gebe es mal so weiter.

Dass sich an diesem Ort, wo Kim Il-sung und Kim Jong-il liegen, Geringere nicht auf die Finger schauen sollen, weshalb du an jedem anderen Ort mehr Angst vor Spitzeln hattest als dort – ich gebe es mal so weiter.

Geschichtegeschichtegeschichte.

Verbundenheit, sagst du, mit dem Volke. Vor allem im Schmerz. Dass du dich verantwortlich fühlst, das Staffelholz deiner Schwester und deines Gatten weiterzutragen. – Aber wohin?

Dass dein Volk für dich Familie sei, auf Gedeih und Verderb – ich bin dagegen!

Du kommst bitte mit! Dir zuliebe. Meine Sunmi.

WAS HATTE SIE GESAGT? Was sie gefühlt hatte, wusste sie. Es war ein trauriger Flow dagewesen, aber sie hatte nicht die geringste Ahnung, welche Worte aus ihr herausgekommen waren. Das Publikum klatschte, während sie die Bühne verließ. Die Schönheit des Paektu musste sie ausreichend gelobt haben, und sicher hatte sie erwähnt, dass er sich nicht dramatisch erwärme, sonst wäre sie noch einmal zurück auf die Bühne geschoben worden.

Der Wind ließ die schwarze Wiese unter den Lampions wogen. Durch ihre Benommenheit hindurch entdeckte Claudia Sunmi. In einiger Entfernung stand sie, klatschte immer noch und sehr laut, wie jemand, der sich zugleich ehrlich und demonstrativ für eine Rede bedankt – weniger wie jemand, der fliehen will. Sie war barfuß, Sunmi. Ihre Schuhe hatte sie ausgezogen. Claudias Gedanken schnappten nach allem, was Hoffnung gab – würden sie sich also doch gleich fortschleichen und dann rennen? Die Kraft in ihren eigenen Beinen reichte gerade zum Stehen.

Sie sah Sunmi mit einer leichten Verbeugung in zwei hingehaltene Smartphones sprechen. Deren Besitzer waren chinesische Journalisten oder Journalisten-Darsteller für das Zentralfernsehen, beides war möglich. Auch die *Dschibuti Times* war zugegen. Zumindest war der Schriftzug auf dem T-Shirt eines Mannes zu lesen. Er lungerte bei Sunmi herum, wandte sich dann der unter den Kameras erblühten Frau Kim zu und dem Buffet.

Sunmi wie ein Baum, der eigentlich Beine bekommen und zu ihr laufen müsste. Der aber Baum bleiben wollte. Sunmi: Kein Vogel, kurz vor dem Abflug. Sunmi: Eine Patriotin bei der Arbeit. Die nordkoreanische Vulkanologie hob an zu singen. Es waren fünf Männer in dunkelgrauen, vernünftig aussehenden Uniformen, ein guter Chor.

Dann war Sunmi doch noch zu ihr getreten. Sie rückte die Führerkopfbrosche zurecht, die man Claudia angesteckt hatte, ohne dass die es mitbekommen hatte. Natürlich trug Sunmi selbst eine, immer, jeden Tag hatte sie eine getragen; und Claudia fragte sich rückblickend, ob Pins mit den Gesichtern von Autokraten eine Frau unwiderstehlich machten – wenn man Claudia Aebischer hieß und einen Hang zum Abwegigen hatte? Wenn man Claudia Aebischer hieß und in der DDR aufgewachsen war – und über Jahrzehnte einen Helferkomplex in sich getragen und genährt, aber nie ausgelebt hatte?

Nein, Sunmi wäre in jedwedem System, an jedwedem Ort und in jedweder Kostümierung bezaubernd gewesen. Nicht hypnotisch, sondern wertvoll. Anziehend als Mensch.

Ihre Tätigkeit bringe eine gewisse Scharade mit sich, hörte sie Sunmi sagen. Sie hoffe, sie habe niemanden dadurch verletzt – also. Plötzlich lachte sie geziert auf und sah über den See und setzte schon einen nackten Fuß in Richtung der Männer vom Zentralkomitee, die sie zum Buffet geleiten würden.

Kleine Rebellion der nackten Füße, dachte Claudia.

Sie wolle, aber könne nicht weg, hörte sie Sunmi noch sagen. Und: Sie müsse es nicht mehr. Dass sie nun Witwe sei, verändere ihr Leben zum Wohlständigen hin. Auch sei dies das Land, in dem ihre Schwester begraben liege.

Claudia hatte verstanden. Fragte, ob sie miteinander im Reinen seien, wenn sie nicht mit ihr zurückkomme nach Pjöngjang. Ob ihr, Sunmi, gewiss keine Gefahr drohe, wenn sie so verfahre? Weiter in Sunmis Nähe zu bleiben, wäre ihr eine Qual.

Sunmi erschlug ein Insekt oder winkte ab oder beides. Witwen, zumal die von Veteranen, würden in Koryŏ mit großem Respekt behandelt, erst recht, wenn sie sieben Sprachen sprächen und Ausländer verstünden wie kaum jemand sonst. Sie wünsche ihr alles Gute.

Dann war sie weg. Triumphmusik. Drang jetzt erst an Claudias Ohr. Wurde von einem Tinnitus-Pfeifen übertönt. An Sunmis unglücklichem Auflachen hielt sie sich fest; es war wichtig, es einzuschließen in sich.

★

Die Dunkelheit kühlte. Aus dem schwarzen Gestrüpp links und rechts des Weges, den Sunmi ihr mehrmals beschrieben hatte, summten die zur Dämmerstunde erwachten Flügeltiere.

Ein Schritt. Noch ein Schritt. Noch ein Schritt.

Hatte Sunmi sie als glücklichen Menschen erlebt? Hatte Claudia nicht genug für ein Leben in Deutschland geworben, weil sie nicht glücklich genug erschienen war?

Nein. Es liegt an einer Verbundenheit, die mir unbegreiflich bleibt, dachte Claudia. Der Satz, den sie so gerne in Reden verwendet hatte, war eben doch keine Floskel: Im Anderen das Fremde gelten lassen, als das Unverständliche.

Den Pin mit dem Führerkopf schnippte sie ins Gebüsch. Das Namensschildchen hinterher. Bald sah sie den aufgeschlagenen, glitzernden Fels, der China war, nachts und von so weit oben betrachtet.

Claudia Aebischer nahm nicht an, dass sie sich ihre Rede jemals anhören würde. Aber natürlich würde sie das, würde sie auf jeden Fall – und sich ärgern und den Ärger irgendwann vergessen. Und am Ende bliebe eine diffuse Scham. Aber so war das eben, wenn man sich geöffnet hatte.

Ende einer Fahrt. Im Nebel kamen gepanzerte Gestalten auf sie zu. Chinesische Grenzer, lächerlich grob und in Robocop-Monturen. Kein Koreaner, dachte sie, liefe so herum.

Sicher lagen der Reisepass und der Reiseberechtigungsschein in ihrer Hand.

Durch normal aussehende Natur marschierte sie abwärts. Hätte auch sächsisches Gestrüpp sein können, Thüringer Eukalyptus, nur dass, tief unten im Kessel, nicht Bleicherode oder Schmölln-Kleinmückern lag, sondern Dandong in China. Weil sie Deutsche war, durfte sie dorthin. Hätte sie genug Bestechungsgeld aufbringen können, um Sunmi über diese Grenze zu bringen? Müßig.

Dandong – mit einem brutalen Industriehafen, dessen Lichter sie in diesem Moment ungemein beruhigten. In ihrem Rücken: Eddingschwärze. Finsternis. Da unten: Ein Hotelbett und eine heiße Dusche. Die Welt.

IN JENER NACHT begleitete Sunmi ihren verstorbenen Gatten in einem Güterzug zurück nach Pjöngjang. Soldaten hatten ihr beim Aufbahren und Einladen geholfen. Ihr Gatte lag auf einem aus einigen Gemüsekisten gebauten Podest, sicher angeschnallt mithilfe der beiden Polyamidkletterseile, die ihr von einer deutschen Vulkanologin überlassen worden waren.

Sunmi war allein in dem Waggon und betrachtete den Toten im Licht einer Taschenlampe. Sein Gesicht war eingesunken, der Mund eine dunkle Mulde. Sie hatte sich nicht zu der Frage durchringen können, wo sein Gebiss abgeblieben war.

Im Nebenwaggon gab es ein schmales Plexiglasfenster. Sunmi versuchte ihr Land zu sehen, ein Tal mit Ziegen und Kindern, einen Bergsee – aber die Bilder erloschen flackernd in den unzähligen lichtlosen Tunneln. Im schwarzen Spiegel der Scheibe sah sie stattdessen sich selbst. Schon seltsam, dachte sie. Wie wir beide uns jetzt. So bewusst ansehen. In diesem immer länger werdenden Moment.

Menschen, die kapituliert haben, flüchteten sich in Romanzen.

★

Im Morgengrauen fiel der Triebwagen aus, und sie warteten im Bahnhof von Sariwŏn auf Ersatz. Etwa zwei Dutzend Fahrgäste kamen unter dem Vordach beisammen. Hier, in Sariwŏn, waren vor einigen Jahren Einhornknochen gefunden worden.

Mit dieser Information brachte Sunmi die chinesischen Reisenden zum Lachen. Sie saßen zwischen auffallend voluminösem Gepäck, das sie mit hinausgetragen hatten, als würde es ihnen andernfalls geklaut. Von Jahr zu Jahr traten die pendelnden Händler streitlustiger auf. Dass Bier getrunken wurde, störte Sunmi nicht, es war nordkoreanisches Bier, aber früher, schien ihr, hatten sie es leiser und respektvoller getrunken, keine schalen Witze dabei gemacht.

Ihre Landsleute, die in einer Gruppe zusammenstanden, anstatt auf dem Boden herumzulungern, waren ihr deutlich sympathischer. Trotzdem sprach sie nur mit den Chinesen, auf Chinesisch.

Bei den Einhörnern handle es sich nicht um die aus den Märchen, erklärte sie, sondern um eine Urpferd-Rasse, äußerlich dem Nashorn verwandt, nur kleiner und ausgestorben.

Wo man solche Knochen kaufen könne, fragte ein Chinese zurück.

Wir verkaufen euch nichts von wirklichem Wert, dachte Sunmi. Ihr könnt uns nicht kaufen. Schüttelte den Kopf.

Der Zug dampfte, schwarz, feucht und heiß. Die Chinesen scherzten: Dampflok?

Sunmi verneinte. Und man benutze in ihrem Land auch keine Nachttöpfe mehr. Und: Sie könnten zwar alles kaufen, was sozialistisch aussah, Lithographien und das, aber ohne jede Aussicht auf Wertsteigerung, da müsse sie sie enttäuschen. Diese Volksrepublik werde noch lange existieren.

Das könne man der Kinder wegen nur hoffen, sagte einer der Chinesen. Er sah zu einer brav bezopften Jungpionierin hinüber. Sie stellte ihr Spiel mit einem Brummkreisel gerade ein, vielleicht, weil ihr das Geräusch zu laut war.

Vierzehn, fünfzehn Jahre alt, Brummkreisel.

Die Kinder hier seien nicht vorbereitet, fuhr der Chinese fort. Ihre chinesischen und südkoreanischen Altersgenossen würden diese unschuldigen Hummeln schlicht auffressen. Das meine er ernst.

Dann war Ruhe. Sunmi hatte sich zu ihren Landsleuten umgedreht. Sie machten respektvoll Platz und schwiegen, ihres Kleides wegen, das zwar traditionell war, aber nur aus Pjöngjang sein konnte. Ein wenig Plaudern wäre Sunmi lieber gewesen.

Die Chinesen hatten indes Schnapsflaschen aus ihrem Gepäck gezogen – aus Taschen, die prall gefüllt waren mit Waren, die sie der Pjöngjanger Mittelschicht verkaufen würden. Einer hockte in einem Gestrüpp aus in Plastikfolie eingewickelten Mikrowellen und Flachbildschirmen. Ein anderer saß auf einem einzelnen würfelförmigen Kühlschrank. Ein Dritter lehnte an einem zerkratzten Hometrainer und fixierte Sunmi, während er mit einem sichelförmigen Messer Fischfussel von einer beflossten Gräte zupfte. Sein Blick sagte: Du arme Schöne! Was kostest du?

Sunmi hätte nie in die Welt dieser Überheblichen

wechseln können. Selbst wenn es das gewesen war, was ihr Gatte ihr hatte ermöglichen wollen – unwahrscheinlich genug. Oder auch: denkbar. Es machte keinen Unterschied mehr.

Der Blick durch das Fernglas vom Paektu aus hatte den Ausschlag gegeben. Das Lichtermeer von Dandong hatte ihr eine fast physische Abscheu eingejagt. Angst und Ekel hatte sie empfunden, angesichts dieses madenhaften, fluoreszierenden Gewimmels. Der anziehende Schimmer ihrer Kindheit – ein paar Hotels und Bogenlampen am anderen Ufer – war gewaltig mutiert. Sie sah Vergnügungssucht. Schmutz. Überalterung. Und vor allem: Einsamkeit. Sie wäre mit Claudia einsam geblieben.

Hoffte sie.

Und war Claudia nicht auch ignorant? Wie dämlich von ihr, den Totenzettel im Täschchen zu übersehen! Und keine Seltenheit, hatte Sunmi von Frau Kim erfahren. Der Westler an sich kleidet sich nachlässig. Nur auf Beerdigungen und Hochzeiten legt er die gute Kluft an. Und so finden sich dann, zieht er sie in Koryŏ aus dem Gepäck, Rückstände darin – Konfetti. Amerikanische Kaugummis. Christliche Totenzettel.

War es etwa nicht ignorant gewesen, wie sie sich im Palast verbeugt hatte? Mit diesen schlenkernden Paddeln von Armen? Sagte einem nicht eine Körperintelligenz, dass Verneigen und Arme-baumeln-Lassen nicht zusammengehen?

★

In Pjöngjang wurde Sunmi von vier unbekannten Veteranen in einem schwarzen Transporter empfangen. Man brachte sie und ihren Toten zum Friedhof der Revolutionshelden auf dem Taesong-Berg. Sunmi hätte Wi gegönnt, im inneren Kreis der Helden beerdigt zu werden, aber ihm war ein Fleckchen am unbedeutenden Südhang zugeteilt worden.

Die Veteranen bahrten ihn im Totenhaus auf, wo er eine Nacht zu liegen hatte, in die Flagge der Partei der Arbeit gehüllt.

Sie wolle noch einen Moment mit ihm alleine sein – musste sie sagen. Sein spannungsloses Gesicht löste nichts mehr in ihr aus. Die Ohren waren an den Nackenansatz gerutscht, so weich war sein Körper geworden. Im Zug hatte sie ihm mehrfach Augen und Mund geschlossen, umsonst. Sie waren wieder aufgegangen.

Ein letztes Mal beugte sie sich zu ihm und richtete den Kragen so, dass er die Kinnlade stützte.

Musste sie Mitleid mit Claudia Aebischer haben? Weil die sich mit ihrer Rede bei ihren Leuten unmöglich gemacht hatte? Sunmi hätte plötzlich weinen mögen. Und tat es. Weinte auch um die Blaue Bibliothek. Fasste sich wieder. Und sagte sich: Das werden nun für viele Jahre die letzten Tränen gewesen sein.

★

Noch am selben Abend bekam Sunmi als Veteranenwitwe eine Wohnung in der Stadt zugeteilt. Durch das Küchenfenster konnte sie auf den Taedong-Fluss blicken; zwei Chinesen saßen dort in einem echten Fischerboot.

Touching tourism. Man konnte sich neuerdings bis zum Hafen bringen lassen und wieder zurück. Wind wehte. Die aufgeblähten Regenjacken der beiden Touristen wirkten wie Segel.

Sunmi packte aus. Ihr fiel eine Wendung ein, die ihr verstorbener Gatte gern benutzt hatte: *das werte Befinden.* Es war eines der wenigen Themen, über die sie je zusammen gelacht hatten: das ewige werte Befinden der Westler, denen eine einzige unruhige Nacht im Hotel bereits Anlass gab, ihre Emotionen wortreich zu kommunizieren. Die Schlafprobleme der Ichler.

Sunmis wertes Befinden war normal. Am nächsten Morgen wurde ihr Ehemann unter die Erde gebracht. Noch am selben Tag kehrte sie zu ihrer Arbeit im Tourismusbüro zurück.

Andreas Stichmann
Das große Leuchten

Sie führt aus der deutschen Provinz in den Iran und weiter ans Kaspische Meer: die Suche nach Ana – Ana, der Tankstellenräuberin, Ana, deren persischer Vater nie hat Fuß fassen können im deutschen Exil, Ana, mit der Rupert eigentlich das große Leben beginnen wollte, bis sie plötzlich verschwand. Es ist ein weiter Weg, kreuz und quer durch die Wüste, voller komischer und rätselhafter Prüfungen, die Rupert zu bestehen hat – und jeder Schritt ist ein Abenteuer.

240 Seiten

«Ein großartiges Debüt … ‹Das große Leuchten› ist ein Buch über das Erwachsenenwerden, über einen großen Verlust und über die erste große Liebe. Eine lässige Ode an die weltenschaffende Macht der Erzählung.»

Die Welt

Die Rowohlt Verlage haben sich zu einer nachhaltigen Buchproduktion verpflichtet. Gemeinsam mit unseren Partnern und Lieferanten setzen wir uns für eine klimaneutrale Buchproduktion ein, die den Erwerb von Klimazertifikaten zur Kompensation des CO_2-Ausstoßes einschließt.
www.klimaneutralerverlag.de

FSC
www.fsc.org
MIX
Papier aus verantwortungsvollen Quellen
FSC® C083411